非常人傳奇之

通神

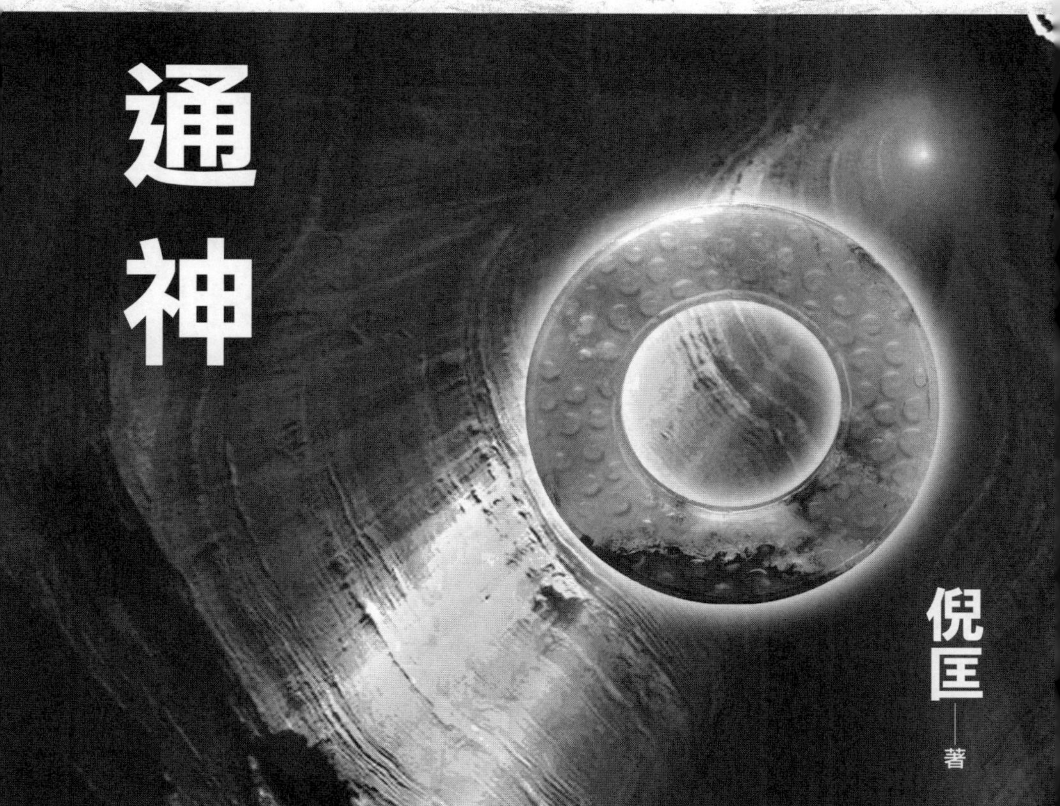

倪匡——著

通神

非常人傳奇

CONTENTS

通神

一封神秘的來信

大型滑翔機運動，是一種相當冷門的運動。

一般來說，運動員——滑翔機的駕駛人，所控制的滑翔機，有十到二十公尺長。滑翔機上，沒有任何機械動力裝置，它之所以能夠在天空中做長距離的飛行，純粹是利用空氣的浮力和流動力（風），原理和浮在水面上的帆船，基本上相同，可是卻又複雜得多，牽涉到空氣動力學、氣象學等多方面的學問。

滑翔機的外型，雖然有機翼、機身、機尾和方向舵，但是和普通的飛機，也大不相同，機翼比較長，用製造設計滑翔機的術語來說，就是「機翼展弦大」。

這種運動之所以不能普遍化，並不是喜歡的人少，而是它的花費十分巨大。製造一架性能好的滑翔機，要用輕而結實的特種木材，這種木材價格高昂，而且要有大幅的空地，供滑翔機起飛之用。

滑翔機自己不能起飛，要靠高速的汽車或者小型的飛機拉上去。那情形和放風箏相仿，只不過有人在機上操縱，順著氣流飛行。

操縱滑翔機，是很身不由己的，幾乎全由氣流決定，駕駛者無法與氣流對抗，只能利用氣流來飛行。

說了許多關於大型載人滑翔機的事，看來好像很平淡，不像是一篇小說的開始。其實不然，有很多怪異莫名、驚險刺激的事，開始的時候，也許是平淡得一點也不受人注意的。

譬如說，下面的一個「畫面」，能令人感到什麼刺激呢？用了「畫面」這樣的字眼，是企圖用文字在讀者的腦中，造成一個如同看到畫面的印象——請只把它當作畫面來看，是靜止的、無聲的，恰像在看一幅照片。

那是一個相當寬敞的起居室。起居室和客廳不同，在居住環境還沒有那麼惡劣的時候，屋子中都有起居室，那是供家庭成員相聚，休息，談天之用。並不專用來招待客人。當然，如果是這個家庭特別熟稔的朋友，也可以在起居室中，和主人一起閒聊。

起居室的佈置極其優雅，調和而高貴，一望而知，主人是一個學識豐富、品味極高的知識份子，淺米色的地氈，接近純白的沙發，壁上懸掛的是甲骨文的條屏，和淡墨的山水人物，整個起居室的色調是那麼柔和。所以，有一樣東西，實在是不應該屬於這樣的一個起居室。

那東西雖然放在一角，已經是一個盡量不使人注目的地方，可是因為它實在和室中其餘的陳設不相稱，所以任何人還是一眼就可以看到它。而且一看到它之後，也會忍不住皺眉頭。

這時，就有一個年輕人在那東西前皺著眉頭，盯著那東西。

那東西是什麼呢？其實也很普通，不是什麼罕見的物件，也不是什麼奇形怪狀，令人有恐怖感的事物，它只不過是一具模型，一部滑翔機的模型。

那模型機翼橫展，大約有一公尺長。由於一般滑翔機的設計，機身都較機翼為短，這模型也不例外。模型製作的十分精美，機首微微向上，顯示出它正在順著上升的氣流在向上升。整個模型，固定在一個支架上，支架的高度，到一個普通人的胸口。

這樣的一個模型，放在一個年輕人專用的房間，自然再適合也沒有了，可是它卻放在那麼優雅，充滿了文化氣息的一間起居室中。

而且，就在那滑翔機的模型之旁，還有一張安樂椅，那張安樂椅看來相當舊，緊貼著支架放著，這樣放法，看起來十分奇特，因為支架阻住了椅子，如果有人想去坐這張安樂椅的話，一定得大費周章，要把支架連同模型，一起移開，才能達到目的。

一張椅子用這樣的方法放著，唯一的目的，似乎只有一個：不想有人去坐這張椅子。

然而，要是不想有人去坐這張椅子，又為什麼放一張椅子在那裡呢？看，有點古怪了，是不是？

站在那滑翔機模型前的那個年輕人，身型很高，稱得上氣宇軒昂，他留著連腮的長鬍子，手中拿著一隻煙斗，正有幾絲煙從煙斗中冒出來，他的衣著十分隨便，但是看起來很令人感到舒服，他有相當濃的眉，眼中有一種近乎固執的眼光。

如果是一個對探險、考古有興趣的人，一看到這個大鬍子青年，就可以知道他是什麼人。這青年雖然只有二十七歲，可是已經是一個出色的探險家，美國國家地理雜誌，曾經一連三期，為他出過專集，褒揚他在中美洲宏都拉斯叢林中探險工作的成就。而他在南美北部，圭亞那地區的探險工作的成就也極其驕人。這個年輕人的名字是樂天。在樂天旁邊不遠處，一張沙發上，坐著一個中年人。男人的年紀有時比女人更加難估計，一眼之下，只好統稱之為「中年人」。這個中年人的年紀，可以說四十歲到六十歲之間。

他穿著一件白紡綢的中國短裝，看來神采飄逸，有一股青春氣息直透出來，這個中年人，其實已經接近六十歲了，他的外型，正好說明了他的職業，他是大學教授樂清和。

樂清和教授在各國古文學上的造詣是舉世欽佩的，有許多文字，世界上根本已不再通用了，只有幾個人可以認得，在認得那些文字的，屈指可數的幾個人之中，樂清和教授必然是其中之一。舉一個例子說，西元九二〇年，有一種文字，曾在中國出現、使用，歷一百餘年，那是契丹文字。這種結構複雜的方塊文字，曇花一現，很快就在人類的文化舞臺上被人忘記了，如今世上能懂契丹文字的人，不超過四個，樂清和教授，當然是其中之一，而且，除了他之外的三個人，都是他的學生。

樂教授和他的兒子樂天並排站在一起的話，甚至會比樂天更加年輕，那自然是因為樂天留有鬍子的原因。而樂教授在學術上有這樣高的成就，別錯以為他是一個文質彬彬，體弱多病的人。相反，他身型高大，而且一直維持著體育家的體型。高級知識份子特有的氣質，和運動家的體型，調和地揉在一起，使他比實際年齡看來少了十多歲，足可以成為年輕女孩子心儀的對象有餘。

這時，樂清和教授只有悠閒地坐在沙發上，視線投向另一角，神情滿足而閒適，看來是人生最美滿的境界。

在那一角，有兩張紫檀木的明式坐椅。在兩張坐椅之間的，是一張棋几，那是一整塊紫檀木製成的，方方整整的一塊，看來厚重凝實，棋几上的格子，是用一種淺紫色的羅甸鑲嵌出來的。

這兩張椅子和一張棋几，日本曾有一個九段棋手來看過，喜愛得在一旁流連不去兩小時之久。當時樂清和教授的反應是：「真對不起，這套棋具的珍貴，並不在於它的金錢價值。它可以說是世界獨一無二的了，那是我太太家裡祖傳的物件，不能送人，不然的話倒可以送給閣下。」

九段棋手嘆了一口氣，回答道：「明年的棋聖大賽，是不是可以借這副棋具一用？」

樂清和當時，望向他的妻子，徵求她的同意，樂夫人道：「當然可以。」

於是，那一年的日本最受矚目的棋聖大賽，這套椅子和棋几，成了賽外最熱門的話題，自然，那是好多年之前的事了。

這時，樂清和望著那一角，椅上坐著兩人，正在對弈。一個是中年婦人，梳著髻，容顏清雅宜人，看了令人有一種說不出來的安詳之感，她穿著紫色的綢子便服，繡花鞋，皮膚白皙，一手搭在棋盒的邊上，一手執著一柄象牙柄，上面用極精細的工筆繪出「戲嬰圖」的團扇，露出愛的目光，望著坐在她對面，和她對弈的一個少女。

這個中年婦人，全身散發的那種典雅的氣息，彷彿她完全不是這個世界上的人，或者說，彷彿她完全不是這個時代的人。

她應該屬於中國的古代，那種高人雅士，詩酒唱和，天地悠悠，抒情懷為文字，流傳千古的那種時代。

這個使人一看到就悠然神往的女人，就是樂清和教授的夫人，方婉儀。

當方婉儀這樣風範，她當然是在一個世家大族中長大的。方家的聲勢，極其顯赫，歷代都是大官，方婉儀在大學時代，是當時走在時代最尖端的年輕人，她留學歐洲，在音樂、繪畫上都有極高的造詣，而且精通各國文字語言，更難得的是，在她的身上，誰也看不出，她是那麼富有。從她父親那一代開始經商，一帆風順，財富與日俱增，而她的父親又只有她一個女兒，所以在她二十五歲那年，她父親逝世之後，她就承受了父親的全部財產，在當時，已經名列世界十大女富翁之列了。

財富一點沒有影響她的藝術氣質，她自己並不直接參加企業的經營，只是把企業委託給可靠的、有才幹的人去經營，事業一直在發展，到如今，已是世界性的大企業。

可是方婉儀卻什麼都懶得管，她有自己的世界，藝術的世界。

她對面是個年輕女郎，和她完全是另一個類型，兩個人的不同，簡直使人懷疑她們是來自兩個不同的星球，可是她們卻偏偏是母女。那年輕女郎的名字是樂音。樂音膚色似古銅，身材健美得任何衣服穿在她的身上，都裹不住她優美玲瓏的曲線。她是一個運動員，是女子現代五項運動的先驅，她在女子現代五項運動上所創下的高分數，是世界紀錄，這個紀錄自她在三年前創下以來，每年都被打破，可是打破者都是她自己。她尤其精嫻於劍擊、騎術和游泳，她的閨房之中，各項獎牌、獎杯之多，數也數不清，而樂音並不是把那些獎品整齊地排列起來，而只是把它們胡亂放在一隻巨大的圓形玻璃缸之中。

這正是她的性格，她熱愛運動、熱衷競賽，爽朗、開放，似乎世界上沒有任何一樣東西，沒有任何一件事，可以繫住她活躍的心。她全身的每一個細胞，似乎都無時無刻不在飛躍。這時她穿著一條洗得發了白的黃短褲，一件運動背心。她這樣的裝束，和她面前的那些棋子，完全是格格不入的，而這局棋，她顯然已經一敗塗地了，所以她皺著濃眉，一副不耐煩的樣子。

好了，花了那麼多文字，來構成這個畫面，讀者看了之後，有什麼印象？那應該是一個無懈可擊的家庭了吧，他們那麼富有，每一個成員，又那樣各自有成就，而且他們又那麼喜歡自己在做的事。

這樣的一個家庭，這樣出色的人物，會有什麼不幸的事發生在他們身上呢？看來是不可能的，真的不可能的。

但，如果真的不可能的話，故事也就說不下去，是不是？

好了，靜止的畫面，讓它動起來，讓它發出聲響。

首先動起來的，是一只十六世紀法國精緻的鐘，它先發出了「嗒」地一聲響，然後，鐘面上，精緻的琺瑯鐘面上的鞦韆架上的一個西洋少女，就開始掙動，每動一下，就發出一下清脆的「嗒」的一聲，一共動了五下，響了五下，才靜了下來。

樂音在這時，雙手在棋盤上一陣亂攪，道：「不玩了，再學，也下不過你。」

樂夫人微笑著，樂清和卻笑出聲來，道：「下棋，也是一種運動！」

樂音用力搖了一下頭，她的頭髮十分短，短得比許多男孩子還要短：「我喜歡真正動的運動。」

樂清和直了直身子：「下棋，更為需要腦子的運動！」

樂音有點放肆地笑了起來，她對待父親的態度不像是女兒對父親，就像是朋友對朋友，她甚至伸手直指著父親：「爸，你以為別的運動不必用腦？試舉出一種不必用腦的運動來！」

樂清和張大了口，一時之間，被女兒問得說不出話來。

樂天在一旁沉聲道：「短跑——」

樂天的話才一出口，樂音就「哈」地一聲，笑了出來，由於樂音的笑聲，這樣地充滿了自信，樂天不禁猶豫起來，忙加上一句：「——也許！」

樂音在走路的時候，看起來也像是在跳躍一樣，她來到樂天的面前，道：「不必爭論了吧，連你自己對自己的說法也表示不相信了！」

樂天並不是一個擅於言詞的人，只好無可奈何地點著頭，為了避免他妹妹繼續說話讓他發窘，他轉移了話題，指著那具滑翔機的模型，道：「爸，我真不明白，這個模型，為什麼一直放在這裡，多麼不調和？」

樂音也道：「是呀，我一生之中，唯一的一次挨罵，也是為了那滑翔機模型。」

樂音對那次挨罵的印象，其實已經很模糊了，她依稀記得，她很小很小的時候，在起居室奔跑，撞倒了支架，令得模型跌倒在地，折斷了一隻翼。

當時的情形是，她母親一言不發地拾起斷翼和模型來，拿著離去，她父親卻罵了她一頓。由於那是她第一次挨罵，所以她當時的反應，也異於一般的孩子，她沒有哭，也不害怕，只是瞪大眼睛望著父親，心中不明白何以平時那麼疼愛自己的父親，突然之間看起來，變成這樣一副凶得滑稽的樣子。

折斷的翼，後來經過精心的修補，模型又回復了原狀，仍然放在原來的地方，誰也沒有再提起這件事，只有范叔曾偷偷買了一大堆樂音最喜歡吃的白糖酸梅子——那是一種十分不潔的食物，大人都不許小孩吃的，在樂音吃得心滿意足之後，范叔才告訴她：「小音，乖乖，聽范叔的話，你以後喜歡吃什麼范叔就替你去買，喜歡做什麼，范叔就替你做，只要你答應范叔一件事，而且不准問為什麼。」

樂音滿心歡喜，一口答應。

范叔道：「以後，碰也別去碰那只飛機模型。」

范叔沒有受過教育，分不清滑翔機和飛機有什麼不同，所以他稱那模型為「飛機」。樂音的大眼珠轉動著，一句「為什麼」幾乎已經問出來，但是想起剛才自己一口答應了范叔的條件，所以，就忍住了沒有問出來。

樂音倒真能遵守諾言，自然，一半也為了那滑翔機模型，實在也沒有什麼吸引力，所以，她以後碰都不碰它。而由於她遵守著諾言，她得到的好處倒不少，像她那種高尚家庭的女孩子所享受不到的一切，在范叔的包庇下，她都可以享受的到。例如在小溪摸蝦子，在泥漿中打滾，吃街頭食物攤上的小食，和裝病不去上學等等。

范叔是方家的管家，現在，當然是樂家的管家。范叔的三個兒子，全有著博士的頭銜，是方婉儀的企業之中地位極高的人物，是國際商業界著名的人物，可是范叔卻仍然喜歡留在樂家。其實他什麼事也不用做，可是他還是喜歡做，看到哪一件傢俱上，稍微有一點灰塵，就會把傭人叫來，大聲申斥一番。

樂音和樂天都很喜歡范叔，只有樂清和對范叔稱呼樂夫人為「小姐」略有不滿之外，對他也十分客氣。

這時，當樂音這樣說了之後，等著她父母的反應。她看到她母親低下頭去，而且顯然不必要，只是為了掩飾什麼似地，摸著手中的團扇。而她的父親，則皺著眉，顯然不願意在這個話題上再談下去。

樂天笑了一下，道：「小音，看來你如果不想捱第二次罵的話，還是別惹這個模型的好！」

樂音苦笑道：「是你先提起來的。」

就在這時候，范叔推門走了進來，手中拿著一疊信，口中咕噥著，道：「那些人，越來越懶了，信早就送來了，他們都不拿進來。」

范叔一進來，大家好像都忘了那模型的事，樂音奔過去，從范叔的手中搶過信來，迅速揀著，抽出了其中一封一溜煙的奔出去。樂清和搖著頭，望向他的妻子，道：「你看看！」

樂夫人報以微笑，范叔將信放在樂清和旁邊的几上，又走過去，把一些小擺設擺得好一些，突然又轉過身來，瞪著樂天。

樂天忙道：「范叔，不准說我的鬍子！」

范叔道：「不說就不說，難怪連個女朋友也沒有，哼！」

樂天笑了起來，摸向范叔的背上，叫道：「范叔，揹我！」

那是他小時候常做的動作，范叔被他逗得笑了起來，樂天也高興的笑著。但是他們兩人的笑聲，陡然停止了。他們突然笑不下去的原因，是由於看到了樂清和的神態十分怪異之故。

當那一疊信放在樂清和的身邊之後，他順手拿起一封信，拆開看看。這時，樂天和范叔向他望去，看到他的雙眼盯著信，臉色煞白，雙手甚至把不住的在發抖。在樂天的印象中，他父親一直是一個極度雍容的學者，根本世上不會有什麼事情令得他驚惶的。可是這時，他的情形卻這樣張皇。

連樂夫人也發覺了，她叫著樂清和的名字道：「什麼人的信？」

樂清和陡然震動了一下，神情也鎮定了下來，道：「一個運動俱樂部的信，沒有什麼。」他說著，就將信紙捏成了一團，可是又不拋去，緊捏在手心。

樂清和的這個動作，又是異常的。可是樂夫人仍然看來安詳，道：「和小音有關？」

樂清和笑著，道：「不是，是多年前……我是會員的一個運動俱樂部。」

樂夫人的臉色略變了變，向那個滑翔機的模型，望了一眼，聲音聽來有點幽幽的：「哦，那個俱樂部！」

樂天忍不住問道：「什麼俱樂部？」

可是他的問題，並沒有得到回答，這時，樂音的聲音自外傳來，叫著：「阿哥！阿哥！」

樂天向外走了出去，范叔想說什麼而沒有說，也走了出去。

樂夫人揚了揚眉，道：「你早已不參加活動了，還來信幹什麼？」

樂清和道：「就是啊！」

他說著，又將被他捏皺的紙張弄平，向樂夫人遞了過去。信是打字機打的，那實在是一封極其普通的信，發信人是「法國滑翔機俱樂部主席尼詩」。

信的內容如下：

本俱樂部每年一度，滑翔機大賽，今年欣逢四十周年，閣下為本會早期會員，屆時若能撥冗光臨，參加盛舉，幸何如之！

樂夫人拿著被捏皺的信紙，那實實在在是一封極普通的信，可是樂夫人一面看著，一面手卻在微微發抖。

不過，她始終是一個優雅、高貴，受過高等教育的人，所以她懂得如何克制自己。

樂清和低聲叫道：「婉儀！」

在樂清和的那一下叫聲中，充滿了他對妻子的柔意和關切，樂夫人現出一個十分牽強的笑容，喃喃地道：「一年一度的滑翔機大賽！」

樂清和一欠身，伸手自他妻子手中，把那封信取了過來，再次捏成一團，這次是連信封一起捏起來的，順手一拋，拋進了字紙簍之中。

樂夫人的視線緩緩移動，移向字紙簍，道：「清和，你去不去？」

樂清和像是嚇了一下一樣：「當然不去！」

樂夫人幽幽地嘆了一聲，抬頭望向天花板，起居室的天花板上，有著顏色十分淺的浮雕，她緩慢地道：「我倒想去一下。」

樂清和地站了起來，道：「婉儀！」

樂夫人嘆了一聲，重覆道：「我想去一下。」

樂清和顯然並不習慣於反對他妻子的意見，是以這時，雖然他的神情，誰都看得出是極度的不願意，他也不知道該如何反對才好。

事實上，多年的夫妻生活之中，他們兩人之中，甚至連最輕微的拌嘴也未曾有過，更不曾有過意見上的分歧。

樂清和有點臉紅，過了半晌，他才道：「為什麼？」

樂夫人向她的丈夫抱歉地一笑，那是她發自內心的抱歉，因為她覺得自己和丈夫之間，意見是有了分歧。可是她仍然堅持自己的意見，她道：「你有沒有看小天最近發表的文章？」

樂清和呆了一呆，他不明白妻子要到法國南部去參觀一年一度的滑翔機大賽，和兒子發表的探險文章之間，會有什麼聯繫？

他問：「我沒有看，那有什麼關係？」

樂夫人溫柔地笑著，而且有點不好意思的樣子，那情形就像小孩子做了頑皮的事，唯恐被大人發覺了責罵一樣。她的聲音聽來很低，道：「那麼，你看看，或許你會同意……或者，和我有一樣的想法。」

樂清和有點無可奈何，又坐了下來，輕握住了他妻子的手，在她的手背上輕拍著。樂夫人享受著丈夫的柔情蜜意，神情滿足。

樂天一走出起居室，樂音便向他奔了過來，揚著手中的信紙，道：「哼，這封信，由你來回吧，真豈有此理！」

樂天怔了一下：「誰寫來的信？」

樂音有點惱怒：「保靈這混蛋！」

樂天忍不住「呵呵」笑了起來，保靈是瑞典人，是世界數一數二的中距離跑步運動員。由於世界上傑出的中距離賽跑家，幾乎全是東非洲的黑人，所以保靈有「白人的榮耀」之稱。樂天也知道，保靈是樂音的好朋友，親熱程度，已經相當深。至於為什麼保靈的名字之下，突然加添了「混蛋」這銜頭，而且保靈的信要由他來回，樂天仍然莫名其妙。

樂天一面笑，一面道：「你別講話無頭無腦好不好，究竟是怎麼一回事？」

樂音「哼」地一聲，將手中的信，向她的哥哥直飛了過來，道：「你自己去看，好不容易等到他的一封信，信裡面問的全是你最近發表的那篇文章的事！」

樂天「啊」地一聲：「最近那篇？和『望知之環』有關的一篇？」

樂音翻著眼，仍然在生氣。樂天笑著，道：「這是一篇極精彩的報導，而且充滿了神秘色彩，你應該看一看，至少也可以增長知識！」

樂音俯身向前，大聲道：「我對於探險沒有興趣，對於你熱衷的那些古蹟也沒有興趣，對於你那種推測的鬼話，更沒有興趣！」

她一口氣說了三聲「沒有興趣」，一掉頭，就走了開去。

樂天望著她的背影，只覺得有趣，他看著保靈的來信。也難怪樂音生氣，保靈的信中，除了開始時一句「親愛的」之外，沒有一句再提過樂音，只是詢問有關樂天的那篇文章，對之感到極大的興趣。

自己的文章有人欣賞，總是高興的事，樂天決定回信給保靈。

樂天的房間獨一無二

樂天走進自己的房間，樂天的房間，只怕是世上最奇怪的一間房間了。世界上的探險家不止一個，但像樂天的那間房間那樣，有可能肯定是獨一無二的了。

房間極大，事實上，那是打通了巨宅的整個一層而形成的一間房間，是長方形的，一面是三十公尺，一面是四十公尺。

房間是如此之大，房間中放的東西是如此之多，以致有一次，樂音向她的朋友說及她哥哥房間的古怪，進去之後，在五分鐘內，不一定能找到他睡的床在哪裡。樂音的同學不相信，認為她說話太誇張，和她打賭，結果樂音贏了一次香檳酒的淋浴。

在那間巨大的房間之中，真是千奇百怪，什麼都有。一進門，如果不小心，就會撞在一具巨大的石棺之上。如果有人表示詫異：「怎麼放一具棺材在房間裡？」

樂天一定大為不高興，會詳細地向你解釋：「這不是棺，是槨，認得這個字嗎？這個字的發音是『果』，是要來保護棺的，是棺的外套。」

如果有人表示：「那有什麼不同，反正是要來躺死人的！」

那時，樂天或許會怒形於色：「怎麼沒有不同？當然不同，死人躺在棺裡，棺再放在槨裡，你能說一輛車子和車房是一樣的嗎？」

最好不要再和樂天爭下去，因為樂天就是這樣一個執著的人，和他的外表不相稱。看他的外表，就像是一個隨便的人。其實，他一絲不苟，尤其在有關學術方面的事，幾乎近於古板。

過了那個巨大的石槨，就是一大堆書籍，包羅萬有，書不放在書架上，而是隨便一疊一疊堆在地上，而且決不分門別類。怪的是當樂天要什麼書時，一找就可以找到。

然後，是一大堆古代的武器，東方的和西方的都有，全是古代的兵器，真正的古董。在武器之旁，是許多刑具，也是東西方兼備，其中有一具「拶器」，那是專門用來對付手指的酷刑，據樂天說：是中國清朝刑部大堂上用過的東西，曾經用來對付過四大奇案中的一位美女畢女士。還有一些怪刑具，又據稱是李自成拷掠北京富戶時所用的。另外還有一個斷頭台的架子，因為太高了，無法直放，只好橫亙在地上。

樂天將這一部份東西，稱之為「人類的文明」，以表示他對人性中的殘酷一面的慨憤。

由於樂天對中美洲、南美洲的印地安人古文明特別有興趣，是以有關印地安人的東西，雜亂地堆在他房間中的每一個角落。收藏之多，比任何一個博物館中的這一部份都要多。

實在無法把他房間中的東西一一列舉，如果要這樣的話，那東西之多，要依靠電腦來編排一個目錄才行。只好簡單地說一說。至於他的床，那要繞過了一大堆各種各樣的圖騰之後，才能看得到，小得可憐，只有一公尺寬的一張單人床。

不過，樂天的工作桌，倒是極大的，大得比一張乒乓球桌還要大。當然，上面也堆滿了各種各樣的東西和書籍，可供利用的地方，也不會太多。

樂天來到了他的工作桌之前，坐下，移開了面前一隻用整塊黃玉雕出來的駱駝——這隻玉駱駝是他最近到手的，雕工古樸，他還未曾研究出它的來歷。

然後，他伸手取出一隻盒子，在那隻盒子之中，有著一件並不是十分珍罕的東西，但是卻在它絕不應該出現的地方被找到，樂天已決定在今後至少一年的時間中，去研究這個東西。

這個東西的發現經過，他已經寫了一篇報導，刊載在「國家地理」雜誌上，就是保靈寫給樂音信上提及的那一篇。也就是樂夫人要樂清和去看一看，決定是不是要到法國南部去參觀一年一度的滑翔機大賽的那一篇。

這時候，樂清和也正在他的書房之中，在用心地看著他兒子寫的那篇報導。樂清和心中告訴自己：這件事太重要了，實在太重要了！

在旁人看來，去不去法國參觀滑翔機大賽，實在是一件微不足道的事，但是對樂清和來說，卻沒有比這件事更重要了。

所以，當他打開雜誌，找到了樂天寫的那篇文章，開始閱讀之際，他的手甚至在微微發抖。

至於為什麼在旁人看來是小事，而樂清和看來是大事呢？自然，樂清和心中，有著不可告人的秘密，那是真正的秘密，除了他之外，絕對沒有第二個人知道，這隱秘藏在他內心的深處，已經有三十年了。他平時連想也不去想，那是絕對連想也不能想的大隱秘。

是什麼隱秘？當然在以後會寫出來。

現在，先看看樂天的那篇報導文章，因為這篇文章之中所寫的一切，對於整個故事來說，關係十分重大。

樂天的文章——不，還是不要看他的報導文章。樂天的文字基礎不是太好，報導文章，沒有文學的渲染，看起來相當乏味。還是把他當時的經過，敘述一遍，來的生動有趣。

樂天能夠成為一個出色的探險家，一半是由於他天性之中，有一種搜奇索秘的本能。很平凡的一件事，一樣東西，在他手裡，就可以勾索出古代的許多隱秘來。而且，他酷愛野外的生活，露宿對他來說，是最令人高興的事情，另一半的原因，是由於他的母親，可以無限制地供給他金錢。

有了足夠的錢，辦起事總比沒有錢要方便不知多少。樂天的第一次南美洲探險，就是他母親贊助了一個探險團，樂天才得以成行的。

正因為他有錢，所以，樂天的探險團，能夠聘請最好的團員，可以有最好的裝備，包括交通工具、通訊工具，可以請最好的嚮導等等。這使得其他的探險團，羨慕不已。

樂天那次探險的目的，是去尋找奇布查人（CHIBCHAS）的遺跡。

關於奇布查人，又非得作一個簡單的介紹不可。奇布查人是印地安人的一族，散居在南美洲的北部，哥倫比亞一帶，在十六世紀，西班牙遠征者入侵南美洲之前，這一族人的文化極其發達，已經有國家的組織，懂得從事政治活動。而且在手工藝上，特別是黃金工藝上，有突出的成就，從遺留下來少數的黃金工藝品來看，手工之精細，藝術設計之超特，令人嘆為觀止。

而更奇的事，奇布查人的宗教信仰，相當特別，他們在全盛時期，曾建立不少廟宇，廟宇之中崇拜的是一種叫「自然之神」的神。

對於奇布查人的宗教信仰，世人所知極少。奇布查人當年建立國家組織，文化上的發展如何？

由於西班牙入侵之後，這一族的人曾奮勇抵抗，但是敵不過西班牙人而犧牲極多，所以幾乎已經不可考了。

如今，雖然還有不少奇布查人住在哥倫比亞一帶，但是他們和別的印地安人已經沒有什麼不同。探險家和考古家，辛苦工作的目的，就是要把歷史上不可考的事蹟去考出來。樂天這一次的探索，就是懷著這個目的。

四個月搜索一無所獲

在出發之前，樂天和他的三個隊員，曾進行了詳細的規劃。探險隊除了學者之外，還需要一個能幹的行政人員作為副隊長。

樂天的副隊長，是一個極出色的人，全名極長，叫做：「帕克思巴・陸班・羅追卻堅・蒙令」。這個名字，博學如樂清和教授者，在第一次聽到之際，也是目瞪口呆，不知如何稱呼他好。樂清和畢竟博學，他在呆了一呆之後，就道：「你是在中國的蒙古和西藏附近長大的？稱你的全名……未免太困難了！」

這個個子矮小，膚色黝黑而又有著一頭濃髮的人，在他的外表上，絕對無法猜出他的年齡來，當時他咧著嘴笑了笑，露出了他一口雪白，看來極堅利的牙齒，道：「叫我羅追好了。是，我是在大戈壁長大的。」

羅追真是在大戈壁長大的，據他自稱，他的祖先，曾是元朝的第一任帝師。他有著藏人、蒙人、漢人、印度人、波斯人的血統。

這個人的特別是對於任何地方的語言，特別容易上口，他在那個地方住三個月以上，講這個地方的話，就可以叫當地人把他當做表親。

關於羅追這個人以後還會有很多提到他，先作簡單介紹。樂天和他相識的經過也很有趣，若可能，當補述。當樂天在籌劃的時候，羅追已經到哥倫比亞去準備一切了。

樂天和另外三個對印地安文化有深刻研究的人，一起在樂家的巨室中，作了三天出發前的研究。他們把哥倫比亞的大幅地圖，攤在地上，佔據了會客室的一半地方。樂清和夫婦，有時來看看，也參加一點意見，樂音則不時來搗一下蛋，用力一跳，就跳過了地圖上的一座山脈，等等，恨得樂天有一次將她硬推了出去。

樂天的計劃是：

由於可獲得的資料太少了，他們就只好假定。一般來說，一個民族，都是沿著一條河流發展起它的文化來的。哥倫比亞境內，最大的河流是馬格達藍娜河。他們的假定如果對，那麼，奇布查人的文化遺跡，就應該在河流附近被找到，那就像中國黃河流域附近的殷墟一樣。所以，他們決定把馬格達藍娜河的出海口附近的城市，巴倫基拉作為出發點。剛好這個城市有機場，各種裝備物資運送起來，也方便得多。

他們準備到了巴倫基拉之後，就溯河而上，先走河的西岸，一直到了無法再向前進，再由河的東岸，走回巴倫基拉。

在地圖上看起來，相當簡單，但是走起來，可不簡單。他們溯河而上，走了兩百五十公里，眼看前面已經是山區了，所以就渡過了河，再由河東岸走回去。

一路上，他們收集了不少資料，大部份是奇布查人的傳說。雖然很有參考值，但是沒有實際的收獲。而時間已經花了將近四個月了。

樂天顯得十分失望，那一天晚上，是他們在回程的第十天。他們在河邊紮營，幾個印地安嚮導，在日落之後，就彈著製作簡單的樂器，唱著歌。羅追居然不但能和他們一起唱，而且還隨著節奏跳著舞，看起來他十足也是一個印地安人。

樂天斜倚在一株大奎寧樹下，心情很無聊，盤算著這一無收獲之行，使自己損失多少時間，而損失了的時間是再也找不回來了，這實在令得人心情沮喪，世界上等待探索的事不知有多少，人的生命卻又如此之短促，實在經不起什麼浪費的。

那時，天色已漸漸黑了下來，帳篷前的篝火堆，發出劈劈啪啪的聲音，火舌冒起老高，在火堆上燒烤的食物，發出誘人香味。

樂天嘆了一聲，走向火堆，就在那時候，他看到一個人，站在離火堆不遠處。那個人個子不高，一定是女性，這是由裝扮來判斷的，但是卻無法判斷她的年齡，因為她用一張極舊的氈子，把她的身子裹緊著，連頭也包住，只有一雙眼睛在外，目光灼灼。

當樂天向她望去之際，她也向樂天走來，道：「先生，我有一樣東西，向你換點我要的物件，你肯嗎？」她說著，遞過了一個用舊布包著的小包裹來。

玉瑗上的古代文字

這一帶，本來有印地安土人居住著，大多數很貧窮，樂天從聲音上聽出來，那是一個少女，當然是當地的土人。

他看到對方向他遞出了那個小包，他也沒有去接，因為他心想，這樣的一個少女，會有什麼東西來和他交換？當然不會是什麼好東西，她要什麼，就送給她好了。

樂天一面想，一面已道：「你要什麼，只管說好了，我送給你。」

樂天正說著，一個嚮導已走了過來，向那少女大聲怒責著，同時，粗暴地揮手，要趕開那個少女，等那少女後退幾步之後，他才轉過身來，向樂天道：「先生，什麼也不能給，要是一給了她，不到半天，我們什麼也不會剩下，不知有多少人會來要東西，我們連褲子都不會剩下！」

那少女在後退之際，掩住臉的氈子已跌了下來。樂天向她看去，看到她有一對極大而靈活的眼睛，大約十六七歲，可是十分瘦，那令得她的大眼睛看來更是靈活。她的神情極倔強，被推開之後，大聲用土語向那個嚮導叫著，嚮導發怒，過去揚手要打那個少女。

那個少女又用西班牙語叫道：「先生，我不是來向你乞求的，是來向你交換，我有東西向你交換！」

她一面說，一面伸手遞出她手中所拿著的那隻小布包裹來。那個嚮導，可能是給那個少女剛才用土語罵得激怒了，這時又大聲叫著，一伸手，就將那布包，自少女的手中搶了過來，一面罵道：「你有什麼破東西來和人交換！」

那少女一不小心，被嚮導把布包搶走，剎那之間，她像是一頭瘋了的野貓一樣，發出極尖厲的叫聲，向那個嚮導直撲了過去。

嚮導似乎也想不到少女會突然之間發起蠻來，吃了一驚，順手將搶到的布包，向篝火堆中，扔了出去。

這一切，全是在一剎那之間所發生的事，樂天十分不悅那個嚮導的作為，可是事情發生得實在太快了，他也來不及阻止。

等到那小布包被拋進了火中，那少女更是著急得完全像發了瘋，她一面叫著，一面就向篝火堆中，直撲了過去，看來是想將那小布包從火堆中搶出來。

火堆是用許多枯了的樹枝堆出來的，火頭竄得比那少女還高，燃燒得極其熾烈，那少女不顧一切地向火堆撲了過去，任何人都可以看出，那是極其危險的事！

同時，人人也都想，這小布包裡究竟是什麼東西？如果不是極其重要的東西，那少女也不會這樣拚命了！

樂天也這樣想，而他的行動，比常人都快，而且，他離火堆也最近，他一躍向前，順勢提起一桶水，潑向火堆。

那一桶水，其實無法淋熄那一大堆火，但是卻也可以在極短時間內，將火頭向下壓一壓。而在那個極短的時間內，樂天已經一手推開了撲向火堆的那個少女，他在倉皇之間的那一推，用的氣力十分大，推得那少女一連跌出了好幾步。

就在這時，另外有兩個人，也提起了兩桶水，潑向火堆，那使得樂天能夠在最短的時間內，一伸手，將那已著了火的布包，自火堆中拾了起來。

樂天的動作雖然快，但是由於他離火堆實在太近了，所以，他的頭髮，仍然不免發出「嗤嗤」的聲響，而焦捲了起來。

樂天一拾到布包，立時後退，喘著氣，手中還拿著那小布包。

這時，在營帳中的探險隊員，也出來了，那少女也掙扎著，站了起來。

樂天先狠狠向那闖禍的嚮導瞪了一眼，然後轉向那個少女，將布包遞了過去，道：「這是你的東西。」

那少女靈活的大眼睛之中，充滿了感激的神色，她看來有點怯生生的道：「先生，我祖父說，這東西可能很值錢，請你看看，是不是可以換一點我們生活的必需品給我們！」

樂天其實根本不在乎那少女的東西是不是值錢，他當然可以答應對方的要求。但是那少女既然這樣說，他也就隨便向手中的小布包看了一下。

一看之下，他整個人都呆住了。

在美洲發現中國東西

小布包由於剛才被投進了火堆之中，外面的布，已經燒去了一半，所以不必將之解開來，就可以看到布包裡面的是什麼東西。雖然布包裡的東西並不是全部露了出來，但樂天還是一眼就可以看出來，那是一個玉環。

必須說明一下的是，玉環，並不是什麼稀罕的東西。在中國和幾個東方國家之中，古代人民崇尚佩玉，而且玉的產量又多，所以留傳下來的各種各樣的玉器、玉飾，數量相當多，除非真正玉質極佳的，不然，就不是什麼珍罕的物品。

可是，樂天是一個探險家和考古家，他知道印地安人幾乎是沒有玉飾製作的，他們是精於陶器和金器的製作。這隻玉環，沒有出現在一個印地安少女手中的理由。

也正由於樂天是專家，所以他一眼就看出了那玉環上的雕刻花紋，是「饕餮紋」。那是一種神話傳說中十分貪吃，簡直到了無厭足地步的一種異獸。這種圖案花紋的玉飾，盛行在中國西周和戰國時代。這種玉環，當然也是那時候的古物了！

即使一個玉環的歷史可以上溯到西周時代，也不是特別珍罕，奇怪的是，一個印地安少女，絕無可能擁有一件中國古代的玉飾的。

樂天在一時之間，不知該如何表示才好。這時，他的三個隊員，也來到了他的身邊。三個隊員之中的一個，陳知今博士，恰好是東方玉器、玉飾的專家，他也一眼看到了樂天手中的東西，不由自主，發出了一下驚呼聲來，望向樂天，神情極度疑惑。

樂天當然知道陳知今的專長，也明白他那一下驚叫的意思，他立時用英語道：「事情有點怪，是不是，看來要和這位少女好好談談！」

陳知今連聲道：「當然！當然！當然！」

那少女當然聽不懂他們在談些什麼，只是睜大了跟睛，望著樂天。她的西班牙語，聽來也相當生硬，可能她是山區中的居民，西班牙語也是憑著她本身的聰明學來的。

樂天向她做了一個手勢，道：「請，請進營帳去，你要換些什麼，我們慢慢商量。」

那少女吁了一口氣，現出極高興的神情來，向營帳走去，那個嚮導卻已來到了樂天面前道：「先生，小心受騙！他們的花樣多得很！」

樂天忍不住大聲叱道：「住口！」

印地安人的性格，大都相當隨和，那嚮導受了斥責，只是縮了縮頭，吐了吐舌，也沒有表示什麼。

樂天向身邊的羅追做了一個手勢，道：「你也進來，言語不通的時候，你可以翻譯一下。」

樂天和羅追是最後進營帳的，那個營帳相當大，當中是一張木桌，桌上堆著地圖，帳頂上掛著油燈，照得帳中，相當明亮。

這時，在營帳中的，連那少女在內，一共是六個人。趁這個機會，來介紹一下樂天的三個助手。陳知今博士之外，還有兩位，一個是中南美人類學的專家，他是澳州人肯地。還有一個則是考古學方面的權威，年紀相當大了，有三十年以上的工作經驗的英國人，西恩先生。

羅追是行政人員，他進營帳，已看到陳知今用一具放大鏡，在仔細看著那塊圓形的玉。

對羅追來說，那只是一塊中間有圓孔的玉，說不出正確的名字來。即使是樂天，對玉飾有一定認識的，他在一看之下，也只當那是一個玉環，直到這時，樂天看清楚了整個，他才啊地一聲，道：「知今，這是一隻玉瑗，是不是？」

陳知今一面緩緩轉動手中的玉，道：「是的，那是玉瑗。」

圓形而中間有圓孔的玉飾，一共有四種，對玉飾有常識的人，都可以分得出來。那是：璧、環、瑗、玦。

四種玉器在形制上各有分別，瑗的形制是圓孔的直徑，是玉部份的一倍，而環，是孔的直徑和玉部份大致相同，剛才樂天看到一部份，只當是環，倒也不能怪他。

陳知今將手中的玉瑗，翻了過來，他的神色越來越凝重，向那少女道：「這……東西，你是哪裡來的？」

那少女在進了營帳之後，神情又變得很緊張，這時，她挺了挺身子，道：「是我祖父的，我祖父年輕的時候，掘井掘出來的。」

陳知今立即道：「不可能！」

那少女現出倔強的神色來，道：「先生，我不會說謊，我祖父也不會說謊！」

陳知今對那少女凜然的態度，倒不禁肅然起敬，他忙道：「對不起！」然後，他深深吸了一口氣，望向各人，道：「真不可能，這是中國戰國時代的東西，怎麼會在這裡的土地被發掘出來的？」

肯地顯得十分興奮，道：「或許，這件玉器可以替中國人早已到達美洲的學術，提供新的證據。」

樂天倒同意這個說法，早就有人考證過，中國人最早發現美洲。如果這玉器證明是中國的東西，而又在哥倫比亞的土地上被發掘出來的話，真是一個確切的證明了！

肯地已經急不及待地在問那少女，肯地的西班牙語不是很好，要靠羅追翻譯，他問：「你祖父住在哪裡？」

那少女向外指了一指，道：「山那邊，我是翻著山過來的。」

肯地忙把手指在地圖上移動著，那少女顯然不懂得如何看地圖，只是不住搖著頭，道：「如果你要去看我祖父，我可以帶路。」

陳知今一直在觀察那玉瑗，突然又發出了一下低呼聲，道：「樂天，你來看！」

樂天忙過去，湊在放大鏡的目鏡上，三十倍的雙筒放大鏡下，看起來，可以清楚看到玉瑗上的花紋中的小痕。

陳知今移動了一下玉瑗，道：「看！」

樂天怔了怔，他看到，在一道刻痕之下，刻著四個小字。那分明是四個字，可是那種像蝌蚪一樣的文字，樂天看不懂。

陳知今道：「玉飾上刻有文字的，我從來也沒有見過，這不是普通的玉瑗。」

樂天道：「好像是四個字，我父親是古文學專家，把它照樣描下來，請他去辨認一下。」

陳知今忙取過紙來，一面看著放大鏡，一面在紙上，把那四個彎彎曲曲的字，描了下來。這時，樂天望著那少女，道：「請問你叫什麼名字？」

那少女的雙眼之中，閃耀著興奮的光芒，道：「我的名字是蜜兒。」

樂天吸了一口氣，道：「蜜兒，你肯定你帶來的東西，你有權處置？」

蜜兒的神情，充滿自信，道：「當然，祖父把那東西交給我的時候，對我說：蜜兒，我們那麼窮，我沒有什麼東西可以給你，只有這個東西，我也不知道這是什麼，只是我得到它的時候，經過很特別，或許那是相當值錢的東西，你拿著，離開這窮山惡水，去找外面來的人去換有用的東西。祖父是這樣對我說的，我可以把它和人交換我要的東西。」

樂天看她說話的神情，感到十分有趣，一個在窮鄉僻壤中長大的少女，和外界的天地完全沒有接觸過，能在這麼多陌生人之前，侃侃而談，真是很不容易的事了。

他笑著，問：「你希望能換點什麼呢？」

蜜兒吞了一口口水，望著樂天，半晌，才道：「我希望能有新的衣服，還要一兩條新的氈子，一條給我，一條給祖父。」

玉瑗上有四個蝌蚪文

她講完了之後，現出了一點怯意來，彷彿是她覺得自己的要求太多了。而樂天和其餘人，都忍不住哈哈大笑了起來，在眾人的笑聲中，蜜兒顯得有點狼狽，但她立時大聲道：「不換就不換，別笑我！」

樂天忙做了一個手勢，止住了各人的笑聲，用十分誠懇的語調道：「蜜兒，你聽著，你要的東西太少了，衣服、氈子，那算得了什麼，我可以給你更多的東西，只要你想得出來的東西，都可以給你。」

蜜兒不斷地眨著眼，長睫毛隨著一閃一閃，看起來十分稚氣，她瘦削的臉龐上，這時也充滿了喜悅的光輝，她叫了起來：「真的？」

樂天點頭道：「真的，我們這裡所有的東西給你，怕還不夠，不過不要緊，我們可以再運到你家裡去！」

蜜兒張大了口，一時之間，不知該怎麼表示才好，她仍然不斷地眨著眼，想弄清楚眼前的事，是不是真實的。終於，她從樂天的神情上，判斷這一切，全是真的，她陡然跳了起來，雙手勾住了樂天的頸，緊緊抱著樂天，哭了起來。

樂天倒給她弄得有點手足無措，連忙輕拍著她的背脊，蜜兒真是瘦，隔著氈子，樂天在輕拍她的背脊之際，仍然可以感到她突出的背骨。

樂天安慰著她，道：「別哭了，你實在太瘦了，來，先盡量吃點東西，再講給我們聽，你爺爺是怎麼得到這東西的。」

樂天一面說，一面向羅追望了一眼，羅追笑著走了出去，不一會，就拿來了大量的食物，蜜兒高興地吃著。這時，陳知今已經把那四個字描了出來，又畫下了那玉瑗的大小和上面的花紋。

樂天看著那四個彎彎曲曲的字，道：「第三個，倒像是『之』字。」

陳知今道：「是，蝌蚪文的第一名稱是蝌蚪篆，和古篆很有關連，若干字體是近似的，這第三個字是『之』字，第四個字，我倒可以肯定是『玉』字旁的，可是前兩個字，卻完全無法認得出。真是怪極了，中國古代的玉器，怎麼會在這裡出土？這個發現，可能對於東方民族古代的遷移，有重大的考據作用！」

肯地和西恩兩人，也十分興奮，向樂天道賀，樂天笑道：「先別高興，或許那只是三年前，一個中國人送給印地安人的禮物！」

陳知今怔了一怔，如果真是那樣的話，那真是白高興一場了，他忙問蜜兒：「這東西，真是掘井掘出來的？」

蜜兒道：「是，我爺爺說，他年輕的時候，村子的人在掘井，還沒有掘出水來，忽然一下地響，地坍了，出現了一個很深很深的深洞，大家都嚇壞了，只有我爺爺最大膽，他下去了，很深很深，那洞不知有多深，他下去之後很久沒上來，村裡的人甚至以為他死掉了——」

蜜兒講到這，肯地已忍不住打斷了話頭，道：「他下去了多久？」

蜜兒道：「我不知道，或許是幾天？」

聽的人都笑了起來，他們的心中都在想：那當然是蜜兒不知道，所以在胡說八道，一個洞再深，也不可能下去幾天上不來。

蜜兒對各人的笑聲，又有一點惱意，她向樂天看去，樂天卻沒有笑，只是在用心地聽著，那令得蜜兒對他更加感激。

蜜兒繼續道：「我爺爺終於上來了，不過他再勇敢，也不敢再下那深洞去一次，以後，再也不敢下去了！」

樂天大感興趣：「你是說，這個深洞，現在還在？」

蜜兒道：「是啊，一直在，村裡的人，叫它作無底的洞，我們小時候，最喜歡用石塊向洞中拋去，可是我從來未曾聽到過石頭跌到洞底的聲音！」

樂天「啊」地一聲，道：「那洞真深，你爺爺沒有提到洞下面的情形？」

蜜兒皺了皺眉：「沒有，爺爺對我最好，什麼都對我說，有一次，我問他：爺爺，你曾下過那個無底洞，那洞究竟是不是有底，有多深？爺爺的回答是：太深了，實在太深了。我再問下去，他就什麼都不肯說了。後來，又有一次，他說他不貪心，那東西——」

蜜兒說到這，指了指桌上的那隻玉瑗，道：「那東西有兩個，他只拿了一個。」

蜜兒這一番話，不禁將幾個探險家都聽得呆住了，在他們的探險生涯之中，已經遇到過不知道多少怪事，可是再也沒有一件事，比這件事更奇特的了。

照蜜兒的敘述，這個深洞，似乎是突然之間出現的。而這樣的一個深洞之中，有著兩個超過三千年的中國古代的玉瑗！

縱使探險家特長之一是他們的想像力，但是他們也想不出其中的究竟來。

樂天最快有了決定：「反正我們找不到奇布查人的遺跡，就去看看那個洞，怎麼樣？」

羅追道：「我已問過嚮導，那要翻過安替貴亞山，十分難走。其中奧吐泰瑪山的高度是海拔兩千四百公尺。」

樂天笑了起來，指著蜜兒，道：「連她這樣一個小姑娘也可以翻得過來，我們怎會翻不過去？」

陳知今、肯地和西恩笑了起來，蜜兒睜大眼睛，道：「我十七歲了，不是小姑娘！」

樂天的決定，立時被所有人接受，大家都決定去看看那個奇異的地洞。

四個蝌蚪文字「望知之環」

當樂天的探險隊改變路線，不再沿河而下，而是轉向西，去翻越山嶺，目的地是蜜兒所住的那個山村之際，羅追並沒有跟著一起去。

樂天給羅追的任務是：把陳知今描下來的那四個蝌蚪文，盡快找一個有無線電傳真設備的城市，把它傳給樂清和博士辨認。那對於他們去探索那個古怪的地洞，會有很大幫助。

羅追也受命，一有答案之後，立時趕回來，追上他們。

哥倫比亞並不是科學發達的國家，一直到四天之後，羅追到了波哥大，該國的首都，才能把陳知今描下來的字和圖樣，傳送出去。

樂清和教授在書房中，看著由哥倫比亞傳來的傳真圖片。科學的進步，使得陳知今描出的一切，一絲不變地呈現在他眼前。他一下子就認出了那第二個字是

「知」字，略查了一下參考書，第一個字也肯定了，是「望」字。「之」字是最容易辨認的。第四個字，樂清和比較草率了些，認為那是「環」字。

當然，正確的應該是「瑗」字，而不是「環」字。

但那是無關緊要的，反正那只是一種器飾的名稱而已。

四個字是「望知之環」，樂教授側著頭想了一想，這四個字的意義是相當模糊的，什麼叫作「望知」呢？看來無從解釋。而且，玉環上刻有文字，這是十分罕有的，更怪的是，這分明是中國極古的一種文字，刻有這種文字的玉器，當然也源於中國的，但是為什麼無線電傳真會來自南美洲呢？

當樂清和正在沉思之際，樂夫人恰好在書房門口經過，樂清和叫住了她，道：「你看，小天不知道又有了什麼新的發現，你來看看，這種饕餮紋，應該是最早期出現在玉器上的一種吧？」

樂夫人走過來，她在藝術方面的知識十分豐富，一看之下，就「嗯」地一聲：「是，是西周時期的。」

她一面說，一面又唸著那四個字，問：「望知之環？那是什麼意思？」

樂清和搖著頭：「我也不明白，是刻在這個玉環上的，很少見。」

由於傳真的圖片上，有著那玉瑗的形狀，所以樂夫人很溫和地糾正著她丈夫的話：「玉瑗，你看，它的圓孔很大，直徑大約是玉邊部份的一倍。」

樂清和笑了起來，這時，他也知道「望知之環」，其實應該是「望知之瑗」，但是他卻無意去更正。因為「環」和「瑗」有分別，那是專家的事，對普通人來說，同樣是中間有圓孔的圓形玉飾而已。他道：「是，應該是玉瑗——婉儀，你可知道玉瑗是有一種特殊用途的？」

樂夫人輕笑了一下，道：「怎麼，考起我來了？」

樂清和輕輕握住了他妻子的手，他們結婚多年了，孩子都那麼大了，可是他們之間的情意，和當初在法國，樂清和追求方婉儀的時候，看來沒有多大的分別，令得所有人都羨慕。

樂夫人給丈夫握著手，並不掙脫，只是道：「玉瑗，是一種工具，和璧、環只是用來佩帶作為代表身分的裝飾不同，是不是？」

樂清和微笑著：「答得很好，可是玉瑗作為一種工具，究竟有什麼用呢？」

樂夫人仍然保持著那種典雅清麗之極的微笑，她的這種微笑，絕不是假裝出來的，而是由她那種高貴清麗的氣質天然凝成的。她道：「古時候，諸侯朝見天子，由於天子尊貴，諸侯不能用手直接碰到天子的手，所以，中間必須有玉瑗，大家各握著玉瑗，中國字中的『瑗』字，也是因此而來的！」

樂清和深情地望著妻子，道：「其實，你那麼高貴，我也不應該碰你的手，該握著一個玉瑗才是！」

樂夫人笑了一下，聲調聽來很平淡，但是在平淡之中，另帶著幾絲極淡的幽怨：「清和，你這樣講是什麼意思？我是你的妻子！」

樂清和很有感嘆地輕嘆了一下：「我總感到，我配不上你！」

樂夫人轉過頭去，道：「我早就對你說過了，別提這種沒意義的話！」

他們兩夫妻之間的這種交談，在旁人聽來，自然是沒有意義的，即使是他們的兒女，樂天和樂音聽了，也不明白其中的深意，和他們的家庭有著極深厚關係的范叔，也一樣不明白。

但是，他們自己，當然是明白，這和他們當年同在法國留學的時候的事情有關，以後自然會提到，這是這個故事的一個很大的關聯。

樂清和當時沒有再說什麼，只是道：「如果小天是在南美洲發現了這個玉瑗，那倒真是考古上的大發現了！」

樂夫人像是沒有聽到樂教授的話，只是喃喃地道：「望知之環，那是什麼意思呢？」

她在這樣講了之後，頓了一頓，才又道：「望知，是不是希望知道的意思？」

樂清和想了一想：「可以作這樣的解釋，但我看更可能的是這個玉瑗的主人的名字！」

樂夫人的神情看來有點失望，「哦，如果是那樣簡單的話，那多沒意思。」

樂清和笑了起來，輕拍著她的手背。他們之間，第一次討論「望知之環」，就到這裡為止。

樂清和當天，就把那四個字是「望知之環」，仍然用無線電傳真，傳到波哥大去。因為他知道，明白了那四個字是什麼之後，對於樂天的考古探險工作，會有很大的幫助。

羅追在波哥大，取得了樂教授的回文之後，半刻也沒有耽擱，立時啟程，去追趕樂天他們。

羅追的行動十分快，他知道樂天性子十分急，會急於知道答案。可是沿途交通不便，翻過高山的時候，羅追已經把他的休息，減低到最低限度，可是他還是沒有能夠在半途上追上樂天。不過，他還是比樂天他們快了許多，他前後耽擱了八天，可是當他趕到了那個小村子的時候，只不過比樂天遲到了兩天。

那小村子，真是名符其實的小村子，在一個半山腰上，根本沒有什麼道路，只有一條迤邐的小路，不會超過四十公分寬，路的兩旁，還全是各種各樣的野草和灌木，把小路遮著。小村子只有七八間泥土蓋成的房子，村民不會超過五十人。

當羅追好不容易到達了這個小村子之後，發現幾十個村民，都聚在村外的空地上，抬頭望著天，口中在喃喃作聲，看起來像是正在進行著一種什麼儀式。

羅追盡可能用他學來的當地土語詢問著，問是不是有很多人來過。

一個村民睜大了眼睛，道：「啊！你是和他們一起的，那麼，快點祈禱吧！」

羅追呆了一呆：「為什麼要祈禱？」

那村民道：「那小伙子，不肯聽人勸，一定要下無底的洞去，阿普也是老糊塗了，竟然自告奮勇要和他一起下去。兩個人下去已經兩天了，還沒有上來，我們每一個都在為他們的生命祈禱！」

羅追的思路十分縝密，那村民講來無頭無腦的話，他一聽就明白了，那令他嚇了一大跳，忙道：「那無底的洞，在什麼地方？」

村民向村後指了一指，道：「就在村後，你看到那塊聳立著的大石？就在那大石的後面。」

羅追循他所指看過去，看到一塊形狀十分奇特的大石，聳立在半山腰上，那塊大石像是一個半橢圓形的屏風一樣，至少有十公尺高。

羅追驚恐得講不出話來，他向那個村民揮了揮手，就向那塊大石奔去。本來，連日來的山路跋涉，他已經十分疲倦了。他也早打定了主意，一見到了樂天，就把回文交給他，然後，說什麼也要倒頭大睡二十小時才行。可是這時，他奔跑的速度之快，就像是一頭遭受獵豹追逐的羚羊一樣。

事實上，羅追在這時候，根本沒有想到自己奔得有多快，他腦中所想的只是：無底的深洞，一個小伙子下到那無底的深洞去了，兩天還沒有上來。

一個洞再深，也不可能下去了兩天還沒有上來的。當蜜兒向各人敘述她的爺爺在年輕時下到那無底深洞，好幾天才上來的時候，羅追也在場。當時，羅追的想法和其他各人一樣，以為那只是蜜兒在胡說八道。可是，如今真的有人下去了兩天，還沒有上來！阿普，阿普是誰？會不會就是蜜兒的爺爺？

羅追一面雜亂無章地想著，一面飛快地向前奔跑，由於劇烈的運動，他很快就冒汗，汗水順著他的額向下滴著，他也沒有空去抹，以致當他奔到了大石附近時，汗水令得他的視線模糊。他看出去，看到很多人，但是每一個人，他都無法認得清楚。

他停了下來，喘著氣，伸手抹去了汗，這才看清了眼前的情形。

首先，他看到了那塊大石，接近來看，那塊大石更是高大得出奇，看來像是天然聳立著的，也像是特意移來放在這裡的。石上苔痕斑駁，但是依稀可以看到，石上刻著些什麼，是四組獨立的圖案。陳知今正像是傻瓜一樣，雙眼發直，盯著那四組獨立的圖案。

羅追才看出那四組「獨立的圖案」，其實是四個字時，已聽得一下尖叫，一個少女的聲音在叫著：「讓我也下去看看他們。」

羅追喘著氣，忙循聲看去，他看到蜜兒被肯地抓著，但正在掙扎，樣子十分倔強。西恩就在旁邊，有點不知所措地在揮著手。

接著羅追就看到了那個洞。

那個洞相當大，呈不規則的圖形，直徑大約是五公尺，羅追這時，並不在洞邊上，距離洞邊還有將近二十公尺左右。照說，他在這樣的位置，是無法看得出這個洞的深淺的。

可是，他向洞口看了一眼，心中就有一種森然之感，感到那真是一個無底的深洞，深得可以直通到地獄去！

他也看到，在洞邊，安了一個軸轆架子，有一股繩索，直垂下洞去。

羅追也看到了那些印地安人的嚮導，都仰頭向著天，在祈禱著，他的出現，看來未曾引起任何人的注意。他勉力定了定神，心中懷著萬萬分之一的希望，啞著聲道：「樂先生呢？」

他一出聲，西恩和肯地才轉過身來，羅追還沒有繼續再問下去，手臂突然一緊，已被人緊緊抓住，他回頭一看，抓住他的是陳知今。這位考古學家的雙眼之中，佈滿了紅絲，樣子看來，十分可怕。

陳知今急速地問：「那四個是什麼字，樂教授翻譯出來沒有？」

陳知今一面說，一面指著那塊大石。

羅追這才看清，刻在大石上的四個字，每個足有一公尺平方，在結構上雖然複雜一點，但是還是可以看得出，就是那玉環上的四個字。

羅追的手臂被陳知今抓得很痛，他不知道這個平時文質彬彬的學者，何以忽然之間會變得如此激動，他忙道：「翻譯出來了，是『望知之環』！」

陳知今陡然鬆開了他的手，望著那塊大石，喃喃地道：「望知之環！望知之環！」

看他的神情，簡直就像是失神落魄一樣。

而肯地和西恩兩人，也直到這時，才回答羅追的問題，他們同樣地，都沒有出聲，只是伸手向那個大洞，指了一指。

羅追覺得自己的雙腿有點發軟，他和樂天的感情相當深，那村民一說：「小伙子不聽人勸，下了無底的洞」時，他就想到那「小伙子」是樂天，現在證實了，他更感到焦急，他又抹了抹汗，大踏步來到那個大洞的邊上，向下看去。

但什麼也看不到，只看到一片漆黑，那個自軸轆架上垂下去的繩子，是新繩子，顏色相當白，可以看到繩子一直向下垂著，但是在超過了兩百公尺之後，卻什麼也看不到了。

羅追屏住了氣息，轉過身來。他一轉過身來之後，就用帶著責備的語氣道：「你們怎麼可以讓他下去的？」

西恩苦笑了一下，道：「如果你在的話，我看情形也一樣！」

羅追大聲道：「至少，我會陪他下去！」

西恩和肯地沒有說什麼，只是悶哼了一聲，蜜兒叫著：「我爺爺和他一起下去了，只有最勇敢的人才能下去。」

羅追重重地頓了一下腳，由於他心中的焦急，那一下頓得極用力。這時，他正站在洞邊，用力一頓之下，把洞邊的一塊石頭，頓得向洞下，落了下去。

羅追僵直地站著，有點本能地等著那塊石頭落下去，碰到洞底的聲音，可是等到他的雙腿感到麻木，他還沒有等到石頭落地的聲昔。

羅追自認是一個大膽的人，但在這時候，他也不由自主，向後退了一步，離開洞邊遠一點。

羅追這時候，心中的驚恐，自然到了極點。但是，當然，他的驚恐，全是多餘的，故事的敘述者，也絕沒有在這裡製造緊張氣氛之意，因為在開始的時候，樂天好好地在，那已是在他發表了「望知之環」探索經過之後的事情了。樂天當然在後來，安全地上了地面，完成了他的探險。

驚險是不存在的，存在的是曲折與玄秘。所以，不如來看看樂天下洞前的經過，和他在洞下面的遭遇。

樂天帶著探險隊，由蜜兒帶著路向目的地進發。一路上的氣氛，相當輕鬆。樂天下令，經過鎮市，盡一切可能，搜購繩子。

他半開玩笑地道：「蜜兒說過，她爺爺下了那個深洞之後，幾天沒有上來，其洞之深，可想而知，我們要靠繩子滑下洞去，當然繩子越多越好。」

洞口石上同樣刻著那四個字

探險隊搜購繩子的消息，迅速傳了開去，以致沿途的印地安人，紛紛帶著繩子來求售，樂天來者不拒，到後來，他們要多雇二十頭驢子，來攜帶那些繩子。看起來，他們所帶的繩子，簡直可以環繞地球一周了——這是西恩的形容詞。

他們要翻越的山嶺，相當險峻，有的地方，根本沒有路，有的地方，他們需要在不到一公尺處經過，一邊是高聳入雲的山崖，一邊是萬丈深懸，有一頭驢子，在行走之際不聽指揮，一腳踏空，就跌了下去，難聽的嗚叫聲一直從下面傳上來，好久才靜息。

山路不好走，但是所有的人，並不氣餒。開始，他們對於蜜兒的敘述，還是將信將疑，但是一路上，又聽蜜兒敘述那個無底的洞的情形，他們都已深信不疑，確信在安替貴亞山脈中的某處，真有著這樣的一個深洞。

等到他們來到了那個山村附近之際，遇上了一個村民，蜜兒便對著那個村民，大叫了起來。

那村民神情訝異地望著探險隊所有的裝備和人員，立即轉身向前奔去。由於慣在山地生活的緣故，這裡的村民天生都有在山路上奔馳的本領。

蜜兒解釋道：「我叫他去通知我爺爺。」

等到探險隊來到村子前的空地之時，幾乎所有的村民，都走出了屋子，蜜兒的爺爺走在最前面，蜜兒奔了過去，握著她爺爺的手，講個沒完，講的話十分快，樂天他們根本聽不懂。

樂天向蜜兒的爺爺看去，山中的印地安人，由於生活環境的艱苦，大多數外表比實際年齡為老。蜜兒的爺爺，更是滿面皺紋，那麼許多的皺紋，集中在一個人的臉上，令得他看來十分怪異。不過他的身形相當高大，身子也很挺直。看來他的健康狀況十分良好。

樂天打量他的時候，他向樂天走了過來，道：「我叫阿普。」

通過了一個嚮導的翻譯，樂天和他交談了幾句，樂天問：「那深洞在哪裡？看，我們帶了那麼多繩子來，我看夠了吧！」

樂天自始至終，都抱著十分輕鬆的態度。他是一個探險家，十分出色的探險家，對他來說，用繩子滑下一個地洞去，那實在是小事一樁。

可是阿普的神色卻十分凝重。他向那些繩子看了一眼，並沒有表示什麼，只是伸手，向村後面指了指，道：「無底的洞，就在那邊。」

循著他所指看去，每一個人，都看到了那塊大石，這時，正是夕陽西下時分，陽光照在那塊大石上，把大石的表面，照得十分明亮。

陳知今首先「咦」地一聲拿起隨身掛著的望遠鏡來，向前看去，一看之下，他陡地震動了一下，放下望遠鏡，現出極怪異的神色來。

西恩和肯地同聲問：「你看到了什麼？」

陳知今一時之間說不出話來，伸手指著那塊大石。每個人的身邊都有望遠鏡，他們都拿起來向前看，樂天在一看之下，叫了起來：「大石上刻著字，天，就是那玉瑗上的那四個字！」

蜜兒只關心他的安全

樂天的神情，也變得怪異之極。本來，他們對蜜兒帶來的那隻玉瑗，是來自一個深洞中的說法，當然有懷疑。

他們已經相信了有這樣一個深洞，但是處於南美山中的一個深洞，和一隻顯然是屬於中國古代的玉瑗，兩者之間，還是很難發生聯繫的。

可是這時，當他們看清大石上的四個字之後，都再無疑問了。

樂天的心劇烈地跳動著，作為一個探險家和考古家，這是多麼驚人的一項發現。

他放下了望遠鏡，甚至連聲音也有點發顫，道：「天，這塊大石，在那裡有多久了？」

在樂天身邊的阿普呆了一呆，顯然不明白樂天這個問題是什麼意思。他道：

「什麼有多久了？」

樂天變得十分焦躁，指著那塊大石：「上面刻著字，是什麼人豎在那裡的？上面的字，又是什麼人刻上去的？」

阿普的神情更加迷惘：「誰知道？我很小很小的時候，就有這塊大石，誰也不知道它在那裡多久了！」

樂天不由自主發出了一下呼叫聲，向前奔了過去，奔跑的速度極快。他用那麼快的速度奔跑，還不足為奇，奇的是平時看來文質彬彬的陳知今，也跟著大叫著，向前奔了出去，竟奔得比樂天更快。

跟在樂天和陳知今的後面的，是西恩和肯地。

他們四個人，全是探險家和考古學，這一刻，對他們來說，實在是太重要了，他們在向前奔跑之際，心中都想到了同一件事。

如今，是他們生命之中，最光輝的一刻！一塊刻有中國古代文字的大石，竟然會聳立在南美洲北部地區的深山之中！

這個事實，看來十分簡單，但是他們都知道，在其中可以發掘出不知多少歷史上被淹沒的奧秘來！

他們四個人在前，蜜兒、阿普和一些印地安嚮導在後，一起向前奔著。

首先到達那深洞旁邊的是樂天和陳知今，樂天一看到那個深洞，先是陡地一呆，接著可能是由於他實在太興奮衝動了，竟然又大叫著，想向洞下跳了下去。陳知今的興奮也已到了反常的程度，他雖然沒有向下跳，但是他也是呆立著不知所措，並沒有去阻止樂天。

幸好肯地和西恩趕到，兩人大叫著，抓住了樂天，硬生生把樂天拉了回來，一面驚叫著：「你想幹什麼？」

樂天定了定神，滿面通紅，喘著氣，指著那個深洞：「你們看，你們不覺得這個深洞……有一種神奇的力量，這種力量在召我下去！」

西恩吸了一口氣：「當然要下去，可是也不能就這樣跳下去！」

樂天叫著：「對，我們有繩子，我們有的是繩子，快準備繩子，我要下去！」

樂天叫嚷的聲音十分大，隨後跑來的人都聽到了。所有的村民，都嚇得臉色大變。蜜兒也怔住了，可是她看起來，比其他的村民，還要勇敢一些。

她叫道：「這個洞是沒有底的，不能下去！」

樂天呵呵笑著，轉過身來，拉起蜜兒的辮子，用力扯了一下。他是在極度的興奮之下，才有這種頑童式的動作的，蜜兒給他拉得叫了起來。

樂天道：「蜜兒，你騙人，你爺爺就曾下去過，洞是有底的，是不是？」

當他講到「是不是」的時候，並沒有再去注意被他拉著辮子的蜜兒，現出了一種十分古怪的神情來，逕自向阿普望去。

阿普喃喃地道：「是……也可以說……不是……」

樂天追問著：「你曾經下去過，是不是？」

阿普點頭：「是……那時候我年輕，而且，在說要下去之前，剛好喝了不少酒……」

樂天不等他講完，就揮著手，叫：「好，喝點酒也好，拿酒來！」

一個嚮導連忙打開了一個箱子，取出酒來，村民一看到酒，就歡呼了起來。

肯地和西恩，忙著指揮嚮導，在洞邊支起軸轆架來，陳知今則來到那塊大石前，癡癡地看著石上所刻的字，一面不住喃喃地道：「不可能的！這是不可能的！」

當時的氣氛，正如事後，樂天在報導他這次探險的經過的那篇報導中所寫的那樣：

所有的人，都被一種狂熱的情緒所感染。大量的酒進入了人的身體之後，更助長了這種狂熱，到後來，人人都在跳著、叫著，似乎只有兩個人是靜靜站著的，一個是陳教授，他一直站在那塊大石之前，一個就是那個印地安小姑娘，她站在一邊，不知道她在想什麼？

樂天自然不知道蜜兒在想什麼，很久以後，他才知道。當時，蜜兒站著，靈活的大眼睛，始終沒有離開過樂天，她的動作也沒有改變——一直緊握著自己的辮子，那是剛才給樂天抓過的。

等到嚮導支好了軸轆架，洞邊聚集著的村民也越來越多，人人都興高采烈地喝著酒，像是在舉行著嘉年華會一樣，可是，剎那之間所有的人都靜了下來。那是當樂天陡然舉高杯酒，大叫一聲：「好了，祝我好運吧，我要下去了。」

所有的人全都靜了下來，每一個人都望向他。

樂天仍然笑著，雖然村民的眼光，有點異特，但是他興奮的心情，並不因之稍減。他說著，已走向準備好的繩子之前，把一根連接著繩子的皮帶，繫向自己的腰間，並向西恩的手中，接過無線電對講機來。

所有的人仍然不出聲。對探險家來說，有良好的配備，用繩子滑下一個地洞去，那是微不足道的一項行動。可是看村民的神情，他們的心中顯然另有想法。

樂天又揮著手，道：「別這樣看著我，我一定能把重大的發現帶上來！」

他說著，向洞邊跨出了一步，準備下去了，就在這時，一下尖叫聲突然傳來：「請等一等！」

樂天轉過身來，看到蜜兒迅速地奔向他，臉色發白，雙眼之中，充滿了關切與恐懼。

樂天張開雙臂，蜜兒奔得實在急，一下子就撲進了樂天的懷中，她甚至來不及後退，就叫道：「有一件事，你不知道！」

樂天揚了揚眉，蜜兒急速地喘著氣：「在我爺爺之後，有好幾個人下過這個深洞去，可是他們一下去了之後，就再也沒有上來過！」

樂天怔了一怔，那的確是他們不知道的，西恩和肯地不由自主，發出了一下呻吟聲來。

蜜兒直到這時，才後退了半步，道：「爺爺，是幾個人下去了沒有上來？」

阿普的聲音很低沉：「七個。」

蜜兒疾轉過身來，盯著樂天：「你現在知道了？我們認為這個深洞中有魔鬼，那七個下去了沒有再上來的人，是被魔鬼吞噬了——」

阿普在蜜兒講到這裡時，陡然叫了起來：「蜜兒！你這樣講，會得罪魔鬼的！」

蜜兒瘦削的臉漲得通紅，可是神情極其堅決和勇敢：「讓魔鬼來對付我好了，我不怕，不應該讓他不知道這個事實！」

蜜兒把她瘦削的身子挺得筆直，以致令得在旁人看起來，她簡直就是一個神勇無匹的印地安戰士一樣。

這時候，樂天的心中，更是激動莫名。他知道，這個看來瘦弱的小姑娘，為了警告自己，不惜得罪了她心中一直存在的魔鬼，這是一種極其勇敢的行為！

阿普望著他的孫女，神情不知是讚賞還是難過，他喃喃地道：「蜜兒，魔鬼的報復是極殘忍的，它會使你一輩子沒有快樂。」

蜜兒大聲道：「我不怕，爺爺，我不怕！」

樂天深深地吸了一口氣，心情激動，令得他的聲音也變得十分宏亮：「你們聽著，魔鬼絕對無法向蜜兒報復，蜜兒會得到她所想要的一切，甚至於她根本未曾想到的，我也可以給她，我決定在回程時帶她走——」

當樂天講到這裡的時候，蜜兒瘦削的臉，紅得簡直像是要冒出血來一樣！

樂天接著道：「我會把她送到波哥大去受教育，使她過貴族一樣的生活！」

村民聽得樂天這樣宣佈，都高興得歡呼起來，蜜兒的長睫毛急速地抖動著，她的神情充滿了期望，望著樂天，道：「那你……不下去了？」

樂天笑了起來，伸手在蜜兒的臉頰上輕輕地拍了一下：「蜜兒，你不明白，我一定要下去，我不會怕魔鬼，如果有魔鬼的話，我會把它消滅！」

蜜兒緊抿著嘴，淚水在她的眼眶中打轉，顯然她對於自己今後的生活，由於樂天的承諾而會得到徹底改變這一點，並不關切，是為了樂天堅持下去，而感到深切的難過！

就在她的口唇顫抖著，還想講什麼時，阿普突然大聲道：「我和你一起下去！」

在阿普的這句話之後，所有的人，都不出聲，靜到極點。

緊接著，蜜兒發出一下近乎絕望的呼叫聲，講了一句樂天聽不懂的話。

樂天不知道蜜兒這句話是什麼意思，是看到了阿普聽到了這句話之後的反應。阿普先是陡然震動了一下，然後以一種極其奇異的神情，望著蜜兒，口唇發著抖。當他的口唇發抖之際，他面上的皺紋，全都在牽動著，看來令他蒼老的臉上，更是充滿了悲哀。

他終於喃喃地說出一句話來，這句話，樂天倒是聽得懂的。他在說：「魔鬼的報復，來得好快！」

阿普這句話，是用樂天聽得懂的一種印地安語講的，而剛才，蜜兒叫出來的那句話，可能是只有在這種偏僻的山區中的印地安人才說的。

樂天當時並沒有去追問這些，因為他急著要下那個深洞去，而且，他也根本不相信洞下有魔鬼！

他只是道：「阿普，你肯跟我下去也好，你去過一次，總比我有經驗！」

樂天才向阿普說了一句話，蜜兒突然雙手掩著臉，急速地奔了開去。

樂天很感激蜜兒對他做的一切，他也用他的承諾回報了，其餘的事，樂天連想也沒有想到過，蜜兒奔了開去，他也沒在意。

阿普一直注視著蜜兒奔開去的背影，直到她奔過了山崗，看不見了，阿普才轉回身來。

樂天笑著：「看，我們的配備十分好，你放心，一定會沒有事的！」

阿普望了樂天一眼，一言不發，走到洞邊，向下看了一下，又退回幾步。

這時，所有的人，仍然保持著寂靜，在寂靜之中，一個村民叫了起來：「阿普，好運氣不會一直降臨在你身上的！」

阿普用十分平靜的語氣回答：「我不怕，我已經老了，這位先生，如果因為我陪他下去，而能安全上來的話，那就是我的心願！」

樂天並不以為自己下這個深洞去會有什麼危險，可是阿普的好意，他還是可以強烈地感覺得出來，他伸手拍了拍阿普的肩，道：「別怕，我們都會沒事的！」

他說著，把另一條連著繩索的皮帶，扣向阿普的腰際，兩個人一起走向洞邊，向掌管軸轆的西恩和肯地兩人，做了一個手勢。

西恩道：「維持每秒鐘下縋一公尺的速度？」

樂天點頭：「好！」

他轉頭向阿普：「上次你下去的時候，有沒有感到呼吸困難？」

阿普搖了搖頭，樂天做了一個一切妥當的手勢，雙手抓著繩子，身子已經進了深洞。阿普就在他的身邊。

阿普對於縋繩爬峭壁，顯然十分在行。他從小就是在山區中長大的，年紀雖然大了，身手還是很敏捷。他們兩人，手抓著繩子，雙足不時在洞壁上抵著，以抵消下縋時那種不舒服的感覺。

突然失去樂天的音訊

在開始的一百公尺，洞壁還有點突起的地方，但是在大約一百公尺之後，洞突然變得相當狹窄，大約只有三公尺直徑，洞壁是垂直的，就像是一口井一樣。

樂天隨身攜帶的無線電對講機中，傳來了西恩的聲音。「已經一百二十公尺了，這洞真深，情形怎麼樣？」

樂天向上看去，洞口已變成了一個拳頭大小的亮點，他早已著亮了掛在腰際的燈，燈光所照的範圍之中，可以看到垂直的洞壁四周，十分平滑，全是有著小顆粒閃爍結晶的花崗岩。

樂天將他看到的情形口述著，他的口述，在上面的人不但可以通過無線電對講機聽到，也立刻會被他隨身攜帶的小型錄音機記錄下來。

樂天不但口述著，而且還說出自己的見解：「真怪，這樣垂直的一個地洞，顯然是直通到山腳下面去的，洞壁異常平滑，如果有人告訴我，那是一項巨大的工程所造成的，我也不會懷疑。可是，誰又有能力，在山中弄出這樣的一個深洞來呢！」

樂天一面向下縋，一面還真是十分忙碌，他用一柄小鐵鎚，在洞壁上敲下了一些石塊來，放在袋中，又間歇地拍著照。

每次，當攝影機上的閃光燈，發出強烈的光芒一閃之際，阿普就以十分奇異的眼光看著他。自從下來之後，阿普一直保持著沉默，一句話也沒有講過。

繩子仍然在向下放，洞也一直看不到底。

西恩的聲音傳出來：「天，兩百公尺了，這是不可能的事，不可能有這樣深的一個深洞的！」

樂天道：「怎麼不可能？這個洞就在這裡！」

西恩的回答是：「這個洞，究竟要通到什麼地方去？」

樂天哈哈笑道，他的聲音，在這個直上直下的深洞之中，引起了一種十分奇異的遐想，他道：「或許，要通到地獄去吧！」

西恩的聲音中有著責怪的成份：「樂天，別拿這個來開玩笑！」

在上面的西恩、肯地和陳知今三個人，心情十分異樣。繩子已經縋下去兩百公尺了，可是那個洞還未曾見底，這令得他們覺得心理上的壓力越來越重。如果不是西恩真的感到這個洞有可能是通向地獄的話，他也不會聽了樂天開玩笑的話，就那麼緊張。

肯地在發表著他對這個深洞的意見：「這樣直上直下出現在山腹中的深洞，的確很少見，有可能是在山脈最初形成的時候，一個偶然的機會留下來的。地球在億萬年之前的地殼大變動，形成了山脈，有很多山，山腹中都有巨大的空洞，有的有好幾十公里長，雖然垂直的並不多見，但是山洞形成的原理是一樣的。」

肯地在地質學上的知識，使得陳知今和西恩兩人，沒有理由懷疑他的分析。可是，樂天的聲音，卻自下面傳了上來：「我倒有點不同意見，你沒有看到這個深洞的洞壁，簡直是平滑的！」

肯地道：「那麼，唯一的可能就是，山洞在形成之際，有股強大的氣流，剛好進入，使得熔岩之中，因為氣流的存在，而出現了空隙！」

樂天的聲音又傳了上來：「圓的！山洞簡直是圓的！」

肯地道：「如果是我剛才所說的那種情形，那形成的隙縫，就一定是圓的，在承受強大的壓力之下，就會出現圓形，這就是肥皂泡為什麼總是圓形的道理。」

在他們講話的時候，西恩又叫了起來：「三百公尺！三百公尺了！」

他在叫著的時候連氣息也有點急促。樂天的聲音又傳了上來：「肯地，你其實真應該下來看一看，光是地質上的這種奇異現象，就足以令你研究一輩子，你——」

樂天的聲音，到這裡突然中斷。同時，無線電對講機上，那盞表示對話在進行中的小紅燈，也不住地閃動著，突然熄滅了！

西恩大吃一驚，忙對著對講機大聲叫著，等著樂天的回答。

可是，樂天的聲音卻並沒有再傳上來。

西恩抹著汗，問：「是不是再放繩子？」

肯地當機立斷：「快把他們拉上來。」

西恩做著手勢，幾十個嚮導一起飛快地絞動著軸轆，可是卻絞不動，繩子像被什麼東西拉住了，所有的人都不由自主在冒汗。幸好，不到兩分鐘，繩子已被迅速地絞了上來。很輕，絞動軸轆的幾個嚮導叫了起來：「人已不在繩子上了！」

人不在繩子上，那是表示人已到洞底了，那是在三百二十公尺處，這個洞，深三百二十公尺？

不到三分鐘，繩子已被絞了上來，人果然不在繩上，只不過，在一條繩子的末端，有著一張疊起的紙，西恩一把搶過，打開來一看，是樂天寫的字。

西恩、肯地和陳知今三個人圍上來一看，不禁怔呆，樂天在那張紙上寫著：「我們還在繼續下降，無線電對講機失靈，請把繩子垂下來，我們還會用得著。」

三個人面色變白，互望著，好半天，一句話也講不出來！

樂天在字條上寫著：我們還在繼續下降！

繩子都已經被拉上來了，他們怎麼下降？樂天和阿普在深洞下面，究竟發生了什麼事，他們實在無法想像！他們只好忙又把繩子放下去，為了妥當，放下了四百公尺。

然後，他們除了等候繩子在下面被人抖動，立刻可以再拉上來之外，就沒有別的辦法可想了。

簡直是不可能的事

時間慢慢過去，一小時之後，西恩語音乾澀，問：「怎麼辦？他們在下面……怎麼了？」

這是一個人人都知道，但是都沒有人可以回答的問題！

他們在下面怎麼了？那當然只有在下面的人知道，這好像是唯一的答案。但是世界上有很多事，唯一的答案，並不一定是正確的答案。這時的事實是，在下面的人，連他們自己也不知道究竟是怎麼樣了。

樂天正在講話，他並不知道突然之間，無線電聯絡中斷，只知道講完了之後，忽然沒有再聽到肯地的聲音，他接連問了幾聲，沒有得到回答，才發現無線電對講機上，表示「使用中」的小紅燈，已經熄滅了。那表示無線電聯絡已經中斷。

樂天是怔了一怔，並沒有什麼驚惶。因為他所使用的無線電對講機，雖然是十分強力的，但總也有一個有效距離，何況這時，他深入山洞，無線電波一定受到阻隔，對講機失效，也就不是什麼大不了的事情。

他順手關上對講機的掣鈕，可是就在這時，他忽然發現自己墮入了完全的黑暗之中，腰際懸掛的燈也熄滅了，連就在他身邊的阿普也看不見了。

樂天忙叫了起來：「阿普！阿普！」

阿普的聲音在他身邊傳來：「是這樣的，上次也是這樣！」

阿普的聲音，聽來像是夢囈一樣，但那至少令得樂天安心了許多。樂天覺出自己的身子還在向下縋，在那一剎間，他連按了不少鈕掣，全是他身邊所帶的配備用的，他發覺，所有和電有關的器具，全都失效。

也就在這個時候，他發覺繩子已停止縋下來。而且，反在向上拉去。樂天自然知道，那是上面的人，發覺聯絡中斷之後，恐怕有意外，所以要將他們拉上去。樂天感到十分怒惱，他絕不想因為小小的挫折，半途而廢，他大聲叫了兩下。可是他的聲音是無法傳得上去的，他不能通知上面的人別拉他上去，他憤怒地揮著手，突然之間，他的手碰到了一樣東西。

四周圍一片漆黑，樂天全然不知道自己碰到的是什麼，他只是本能地抓住它。

等到他抓到那東西之後，他才陡然一怔，不由自主，驚叫了一聲。

也就在那時候，阿普的聲音，自他身邊傳來：「抓住它，抓住它！」

樂天的心中極駭然，道：「那……是什麼？」

這樣問，實在是很不合情理的，因為他一抓住了那東西，從手上碰到那東西的感覺，已經知道那是什麼東西了。

可是，由於在這樣的一個山洞之中，是絕不應該有這樣的東西，所以他仍然忍不住要問上一句。這時，他手中抓住的東西，是一根剛好一握粗細的圓柱子！從觸覺上來辨別，樂天也沒有法子覺得出那是什麼質地製成的圓柱。

阿普喘著氣，道：「我不知道那是什麼，可是它能帶我們下去！」

這時，樂天覺得上扯的力量十分大，他需要十分用力，才能和上扯的力量相抗。他一隻手緊緊地抓住了那根圓柱，他全然不知道接下來會發生什麼事，但是他是一個探險家，要是一個人沒有極度的冒險精神，當然無法成為探險家的。

何況，阿普的話，也給了他很大的鼓勵，所以他立時有了決定：「解開腰間皮帶的扣子，我們就靠這柱子帶我們下去！」

他說著，一隻手取出記事簿來，就在黑暗中，匆匆地寫了幾個字，塞在皮帶的縫中，鬆開了皮帶。皮帶才一鬆開，就被拉著向上升去。

阿普也跟著這樣做，這時，他們兩人雙手握著那「柱子」，人向下滑著，情形有點像消防員在接到任務之後，沿著柱子滑下去一樣，不過他們握著的柱子相當細。樂天雖然富於冒險精神，但是在這樣異特的處境之中，他也不禁十分緊張。

他問：「阿普，我們這樣向下滑去，要滑多久？」

阿普喃喃地道：「不知道！不知道！」

樂天真是不知道自己會怎樣。在向下滑的過程之中，他曾試過用力抓緊柱子，並且用雙腳阻住下降的勢子，看來要向上攀，也不是很困難。可是人的氣力是有限的，一個素有訓練的人，或者可以在這樣的情形下，向上攀上去一百公尺，可是絕沒有人可以一直攀上去。樂天可以肯定，他已向下滑了許多，那絕不是他的氣力所能攀得上去的！

不過事情已經到了這個地步，他已經是絕無辦法退縮的了。他知道，在這種情況不明的境地中，最重要的是保持鎮定和頭腦清醒。

他估計，在放開了皮帶之後，大約向下又滑了兩百公尺左右，那根細柱子，竟如此之長，令得他作了幾百種設想，也無法想得出那是怎麼會在這個洞中的？

然後，突然地，他的腳碰到了硬物。由於下滑的速度在不知不覺中加快，所以當他雙腳碰到實物之際，那一下力量相當大，令得他雙腳生疼。同時，他聽到阿普也發出了一下聲響，樂天忙問：「到了？」

阿普悶哼了一聲，由於四周圍一片濃黑，什麼也看不見，所以樂天的行動十分小心，他先肯定了自己的雙腳，是踏在實地上，然後，才把握住柱子的手，稍為鬆開了一些，把腳伸出去，用足尖試探著，感到腳尖所及之處，也是實地，才吁了一口氣。

他先不向前移動，同時也告誡阿普不要亂動。然後，他試了試身邊所帶的照明設備，包括了一隻強力的電筒，和兩隻小電筒。可是全都失靈。樂天吸了一口氣，並不覺得呼吸有什麼困難，那麼深的地洞之中，空氣似乎十分清新。樂天又取出了一根磷光棒來，除去了外殼，磷光棒發出了一團淺綠色的光芒，可以令他多少看清楚一些身邊的情形。

首先，他看到了阿普，神情又刺激又驚恐，就在他的身邊。接著，他又看到，他順著滑下來的那種細柱子，有好幾根，全都無依無靠地筆直地向上聳立著，抬頭向上望去根本看不到頂部。

樂天用力撼了撼，那是細而長的柱子，竟然一動也不動，全然無法想像它們是憑什麼力量這樣聳立著的。樂天估計，自己從抓住了這樣的細柱子開始，向下滑了至少兩百公尺左右。

那也就是說，這柱子至少有兩百公尺長，而它只不過十公分直徑粗細。就算它是用最堅硬的物質造成的，也無法不彎曲，不折斷！唯一令得這樣細而長的圓柱體能直立的可能，是要它在直立之際，重心就在那十公分直徑的圓圈之內，而且長期維持不變。這簡直是不可能的事！樂天在這時候，簡直像是進入了一個夢幻的境地之中一樣，心中充滿了疑團，他慢慢轉移視線，只能看出一公尺左右，前面就是一片黑暗。

一陣劇震之後他們復甦了

由於心中極度的震撼，樂天發出來的聲音，連他自己聽來，也有點陌生，他問：「阿普，是這樣的麼？」

阿普喃喃地道：「不知道！」

樂天有點著急：「什麼叫不知道，你不是曾經下來過一次嗎？那時，你手中當然不會有我現在持著的磷光棒，在黑暗中，你是怎麼找到那玉環的？」

樂天一面說，一面揮動著手中的磷光棒。在黑暗之中，磷光棒所發出的綠色光芒，幻成了奇異的圖案，看起來更令得這個深洞的底部，詭異莫測。

阿普道：「我真的不知道，上次，上次，我只是像喝醉了酒一樣，大著膽子，一直向前走著……然後，就看到了——」

樂天打斷了他的話頭：「四面一片黑暗，你怎麼會看到東西？」

阿普現出十分迷惘的神情來：「我不知道，我不知道，真的不知道！」

樂天本來還想追問下去，但是他隨即想到，別說阿普是一個完全沒有知識的山區印地安人，就算是他自己，若是有人問他何以中國古代的蝌蚪文會出現在這裡的山頭，何以一個那麼深的地洞之中，會有這樣細而高的奇異的柱子，那麼，他唯一能作的回答，只怕也只有「不知道」三個字而已！因為這裡的一切現象，實在太怪異了！

所以，他不再問下去，語氣也溫和了許多：「那麼，我們是不是也應該和你上次一樣，不要發出任何光芒來？」

阿普喃喃地道：「我不知道。」

樂天苦笑了一下，他決定發揮一下冒險精神，他把磷光棒的套子套上，四周圍又回復了一片漆黑。這時，他在想：為什麼所有用電的裝備，全都失了作用呢？連乾電池的作用也喪失了，那是什麼緣故？

當然他得不到任何答案，他和阿普的一隻手互握著，阿普的手十分粗糙，這是山區簡陋生活的結果，兩個人小心地向前走著。

黑暗之中，樂天感到自己是走在一條十分長的通道之中，印地安人傳說中的

「魔鬼」並沒有出現，是極度的黑暗和極度的寂靜，卻越來越使人難以忍受，像是形成了一種重壓，自四面八方，向他壓來一樣。樂天先是故意把腳放得十分重，走出了將近一百步之後，他忍不住隔一會，便發出一下大聲響來。

在又走出一百多步之後，樂天開始覺得呼吸困難起來。這種呼吸不順暢的感覺，樂天倒是十分熟悉的。作為一個探險家，他有許多次攀登高山的經驗，在高山頂上，空氣稀薄，就會呼吸不暢。在樂天的背袋之中，有著小型的壓縮空氣，他停了下來，喘著氣，同時也聽到身邊阿普在發出濃重的喘息聲。他剛把壓縮空氣筒取在手中，想教阿普怎樣使用時，聽得阿普在道：「對，是這樣，快睡著了，好像是快要睡著了，對……」

阿普的聲音越來越低，樂天陡地吃了一驚，有極度疲倦想睡的感覺，那是腦部缺乏氧的症狀，阿普是不是因為得不到正常氧氣的供應，已開始缺氧了呢？

樂天一想到這裡，剛想拔開壓縮空氣筒上的栓塞，塞進阿普的口中時，他發現自己的手，全然軟弱無力，本來不會比開一罐罐裝汽水更費力的動作，他竟然無法完成！樂天的心狂跳了起來，這也是腦部缺氧的症狀之一！他雖然極度吃驚，而且也有了昏昏欲睡的感覺，但是在那一剎間，他的思路還是十分清楚，他把栓塞塞進自己的口中，想用盡最後一分氣力把它咬開來，好呼吸到空氣，可是，他沒有成功。

他的手一軟，在他失去知覺之前，他聽到了「噹」的一聲響，那是壓縮空氣筒落在地上的聲音。那一下聲響，聽來十分空洞，而且像是不斷擴展開去，變成一種「嗡嗡」的聲響。這種擴散了的聲音，也迅速地模糊，終於，他什麼也不知道了。

在他失去知覺前的一剎那，樂天的心境，竟是出乎意料之外的平靜。他並不是沒有想到，在幾百公尺的深洞下，昏迷過去，那等於是死亡的代名詞。他想到這一點，想到了死亡。或許，死亡之前的一剎那，心境正是十分平靜的？他甚至想到了一個極滑稽的問題！現在，進入深洞中不出來的人，又多了兩個，上面的人一定會以為那又是被魔鬼吞噬去了！

等到樂天又有了知覺的時候，他覺得自己的身子不住在晃動，這種晃動是如此之劇烈，簡直要把他的五臟六腑一起都倒翻過來一樣，他的第一個反應，就是大叫起來，接著，他聽到另一個人的大叫聲，他也認出那是阿普的聲音。

失去知覺之前的經歷，在不到一秒鐘的時間內，就在他的記憶之中發生，他想到：地震了！一定是大地在震動，不然，怎麼會有那麼劇烈的撼動？這種震盪之劇烈，即使是一個極健康的人，也難以支持三分鐘以上的。他除了大叫之外，實在不知道該做些什麼才好，他雙手亂抓著，想抓住一點什麼，可以使自己的身子固定下來，可是卻又什麼都抓不到！

幸而，這種劇烈的震盪，只維持了極短的時間，就靜止了下來。

他的身子雖然不再震動了，但是由於剛才的震動實在太厲害，以致他全身的骨頭，還在發出格格的聲響，他一開口，上下兩排牙齒，也不由自主相應發出「得得」的聲響來。

他立即問：「阿普……得得……你……得得……在哪裡？」

阿普的回答聲立時傳過來，情形和他一樣：「我……得得……在這裡！」

樂天聽到阿普的聲音就在他的旁邊，連忙一伸手，抓住了阿普，兩人一起掙扎著站了起來。好不容易站直了身子，阿普陡然道：「看！是可以看到東西的！」

不必等阿普叫出這句話來，樂天也已看到了，前面有了光亮！

那其實還不算是亮光，只是昏黑的一團，但是卻有異於四周圍這樣的漆黑，那已經可以算是光亮了！

在深洞發現兩扇中國式的門

樂天興奮莫名，他又深深地吸了幾口氣，發覺呼吸一點也沒有問題，他想到，剛才忽然昏迷過去，可能是由於心理上的恐懼，所以產生了神經性的窒息所致，實際上根本沒有什麼！

他立即拉著阿普，一面叫，一面向前奔著。在這樣的深洞之下，居然會有亮光，這實在是太不可思議了！那團亮光離他們並不遠，而這時他們的奔跑速度，足可以和世運會中的短跑選手媲美。

樂天奔到了那一大團灰濛濛的亮光之前，看到亮光是從幾塊大石上發出來的，他用手摸上去，潮濕而柔軟。

他立時明白了，亮光是由一種在黑暗中生長，會發光的苔蘚植物所發出來的。這種苔蘚，可以在一些深山的山洞之中發現，倒並無怪異的成份在內，只是大自然形成的無數現象之一。

可是，當樂天再抬頭看去之際，他卻呆住了，真正呆住了！

本來，當他開始沿著柱子滑下來之際，他已經夠怔呆的了，那些細直的柱子，有幾百公尺高，已經是無可解釋的事了，但是還極勉強極勉強地可以說（樂天就用這個解釋一直在「安慰」他自己）是山洞石灰岩中的碳酸鈣受到水的溶解，經歷幾億年之後，形成的一種現象。這種現象形成的石柱，普通稱為「鐘乳」。當然，鐘乳石柱，高的也可以有幾十公尺，但絕不會這樣平滑細直。

可是，在樂天的知識範疇之內，除了作這樣的解釋之外，不可能有別的解釋了。處境是這樣怪異，明知這種解釋太過牽強，但總比沒有解釋的好，至少，那可以令得心中安心一些。

可是這時，當樂天抬起頭來，就著那一大片發光的苔蘚所發出的灰濛濛的光芒，向前看去時，他所看到的東西，卻連最勉強的解釋也提不出來了。

剎那之間，樂天只是呆若木雞地站著，盯著他前面，他看到的東西。

他看到的東西，真是那麼怪異麼？其實一點也不，只是極普通的東西，任何人一生之中，都不知看到過幾千百次的東西，令得樂天怔呆的是，這東西絕無可能在這個洞之底出現的。

但是，那東西就聳立在他只要跨前兩步，伸手就可以碰到之處。

那東西，是兩扇門。

不錯，是兩扇門，兩扇中國式的門。

在地球上居住的人，有許多不同的民族，各自因為居住環境和文化發展背景的不同，而有著各種形式的門，中國式的門，是極具特色的，一看就可以看出來，那是對等的兩幅，由中間打開來。

在樂天面前的，就是這樣的兩扇門！就差上面沒有貼著門神的畫像而已！

當樂天怔呆之際，阿普在樂天身邊，有點快意地道：「那個……圓圈，本來就是在那裡，我……拿走了一個，看，還有一個在！」

樂天的喉間，發出了「咯」地一響，吞下了一大口口水。

阿普看來，不知道那是兩扇門，他沒有見過中國式的門，所以不知道。樂天這時也看到，在左首那扇門上，有一個玉瑗在，那是在中國式的門放置門環的位置上，而右首那扇同樣位置上的玉瑗，卻已不在，當然，是被阿普上次來的時候取走了。

樂天再吞下了一口口水，有門，門後面，是不是有屋子？是不是有人住？樂天想問一句：「有人嗎？」或者走向前去，拿起那玉瑗，去叩一下門。可是，這樣做，不是太滑稽了嗎？

一時之間，他不知道該如何才好，過了好久，他才望向阿普，問：「那……門後面……是什麼？」

阿普現出忸怩的神色來：「我……來到這裡，陡然膽小起來……沒敢再向前去。你看，我沒有騙你，我叫蜜兒拿著和你交換的東西，真是從深洞中取出來的！」

樂天已沒有再聽下去，他像是夢遊病患者一樣，向前走著，來到了門前。

地洞下的疑惑

原來到那兩扇門前，十分容易，只要跨出兩步就可以了，但是到了門前，要去推開門來，那就困難之極了。

門後面是什麼呢？怎麼會有兩扇門在這裡呢？這是幻境？應該是幻境，但卻又是實實在在的事！是不是推開門之後，就會有魔鬼撲出來呢？

樂天因為興奮和緊張，而致伸出去的手，在發著抖。他是一個探險家，這樣的發現，那是一個探險家做夢也求不到的奇遇！

樂天在伸出手去之後，想了一想，還是做了一件看來十分滑稽的事，他抬起了那隻玉環，玉環連在門上，正像普通中國門上的門環一樣，他抬起了玉環之後，在門上輕輕叩了兩下。

他叩了兩下，發出輕微的聲響，樂天吞了一口口水，反正事情已經夠怪的了，如果門忽然因此打了開來，他也不會再更吃驚。

他等了一會，又回頭向阿普看了一眼，喃喃地道：「阿普，你知道麼？世界上有記錄的最深、最大的地洞，在美國的新墨西哥州。」

他當然知道，一直在山區中長大的阿普，是不可能知道的。可是他還是忍不住要說，因為在這樣奇幻迷離的境界之中，他必須使自己不斷地說話，他的意志力才能支持下去，使神經不致於崩潰，不過，他這時說話的神態和語氣，與其說他是在對阿普說話，倒不如說他是在自言自語的好。

他仍然繼續說著，或許在他的潛意識之中，實在沒有勇氣去弄開那兩扇門，所以藉不斷的說話來延宕一下時間，也是好的。

他又道：「阿普，那個地洞，叫卡斯巴岩洞，為了供人進地洞去參觀，建造了電梯，你知道電梯是什麼？遊客可以搭乘電梯，深入地下兩百五十公尺！然後再可以向下去，在三百多公尺的深處，有一個長六百公尺，高九十公尺的大洞！」

阿普只是瞪著眼，不住眨著，樂天為什麼在這時候，不斷講著他完全聽不懂的話，他全然莫名其妙。

樂天吸了一口氣：「這個大地洞，已經被人認為是地球上的奇蹟，可是比起我們現在處身的這個地洞來，似乎完全不算什麼了！在這樣深的深洞中，有著兩扇門，兩扇中國式的門。阿普，你說是不是奇特到了極點？」

阿普只是呆呆地站著，他既然完全不懂樂天的話，當然也無法表示任何意見。

樂天望定了阿普，在發光苔蘚所發出的暗淡的光線之下，阿普整個人看起來，像是一個並不是真實存在的虛影。

樂天得不到阿普的反應，他只好嘆了一聲：「阿普，既然到了這，我們總不能退縮，要把兩扇門打開來看看，對不對？」

這兩句話，阿普總算聽懂了，他連連點頭，表示同意。阿普或許是由於無知，所以膽子也比較大得多，樂天則由於他豐富的知識，處身於這樣一個全然超越他知識範疇之外的境地之中，反倒變得膽怯了。

那使得樂天感到有點慚愧，他深深地吸了一口氣：「阿普，你退後一些，要是我有了意外，你趕快設法上去！」

可是阿普的神情卻異常堅決，不但不後退，反倒踏前了兩步，站到了樂天的身邊。

那令得樂天很感動，伸手和他緊握了一下，然後，用力一推門。那兩扇門，一點也沒有因為年代久遠而變得難以推開，反倒是樂天用的氣力太大了一些，門一下子就開得老大，而且，一點也沒有「吱吱」的聲響。

門一推開，樂天又是緊張，又是驚懼，又是興奮地向內看去。

出乎他意料之外，門內只是一個小小的空間，甚至於不能說是一間石室，只不過是一個方方整整的空間。

正對著門，也就是樂天一推開門之後，立時可以看得到的，是兩個站著的人，那兩個人距離他不會超過六公尺，直挺挺地並肩站著！

在那一剎間，樂天只覺得耳際嗡嗡發響，身子發麻，腦中一片混亂。門內有兩個人，那兩個人站著，那當然活著，門裡面的小空間中，有兩個活人！

這實在是太無法想像的事，所以樂天在一剎那之間，變得完全不能想。由於光線實在太暗的緣故，他只是看到有兩個人站在他面前，至於那兩個是什麼樣的人，他卻無法看得清楚。

他不知自己僵立了多久，他只是知道，當他像木乃伊一樣僵立著不能動彈之際，在他面前的那兩個人，也一動都沒有動過。

不知過了多久，樂天才漸漸定過神來，他的雙腳仍然像是釘在地上一樣，無法移動，可是他的手臂，卻勉強可以抬起來。

他抬起手臂來，在不由自主發著抖，指著前面兩個人，道：「你們——」

他才說了兩個字，就陡然呆住了！

他看到，在他抬起手臂來，指向那兩個人之際，那兩個人中的一個，也抬起手臂來指向他！

這時候，樂天比起才一看到有兩個人站在他面前之際的那種慌亂驚恐來，究竟已經好得多了。當他發現對面那兩個人中的一個，和他有著同樣的動作之際，他先是一怔，但是隨即，他就完全明白了！

當他完全明白過來的那一剎間，他像是剎那之間，拋棄了身上的千斤枷鎖一樣，感到了難以形容的輕鬆！在他面前的那兩個人，就是他和阿普，是的，那只不過是他和阿普的身影。

門內一定是一面十分大的鏡子，當門一打開時，由於光線的黯淡，乍一看來，像是在面前有兩個人站著，而實際上，那兩個人，就是被嚇呆了的他和阿普！

樂天一明白了這一點，忍不住哈哈大笑了起來，揮著手，道：「阿普，別怕，那是我們自己！」

他一面說，一面向阿普看去，看到阿普的臉色，白得可怕。

樂天知道自己的臉色一定也好不了多少，因為在誤會門內站著兩個人的時候，所受的驚恐，實在太甚了。他又吁了一口氣，指著前面，走了進去。

直到這時候，他才聽到阿普在他身後，也吁了一口氣來，算是沒有被嚇死！

樂天只走前了兩步，就摸到了那面「大鏡子」，他也立即發現，那其實不是一面鏡子——意思是不是一面現代的鏡子，而是一塊表面極其平滑的大石。由於表面實在太平滑了，所以起著鏡面的反射作用。

樂天慢慢用手在光滑的表面上撫摸著。一時之間，他無法確定石頭的質地，但不論是什麼石頭，表面被弄得如此光滑，那絕不是天然形成的，卻是可以肯定的事。

樂天這時，腦中只是一片混亂，是什麼人在這個地洞下面，裝了兩扇門？又是什麼人把一塊大石的表面弄得這樣平滑放在這裡，作用是什麼？

這時，樂天就在那平滑大石之前，儘管光線十分微弱，可是他還是可以看到自己的反影。他看到自己的臉上充滿了疑惑，那種急切地想知道自己不瞭解的事的神情，那種急於想解開疑團的神情，看來幾乎有點令人感到心驚肉跳。

樂天看了一會之後，就轉過頭去，不願再看。他看到阿普也跟了進來，和他剛才一樣，直勾勾地在看著自己的身影。阿普一面看，一面在喃喃自語：「我原來是這樣子的，原來是這樣子的！」

樂天又轉回頭去，他的臉的反影，距離他極近，樂天也不由自主，再度盯著自己看起來。

望知之環有神奇力量

必須說明的一點是，樂天和阿普進了那地洞之後發生的事，全是樂天在事後寫述出來的，樂天的記述，就到這裡為止。在他那篇轟動了探險界和考古界人士的報導中，他寫到這裡，就開始發表他自己的意見，其中有如下的幾段，一段是他的感想：

人很少在這樣近距離觀察自己，尤其在這樣奇特的環境之中，在這樣黯淡的光線之下，這樣用心來看自己。當時，我只覺得，在那塊大石平滑無比的表面上，所反映出來的我自己，正在漸漸擴大，越是擴大，就越是清晰，漸漸地，我可以看到自己臉上的每一絲皺紋，每一個毛孔，又漸漸地，我似乎陷進了一個奇幻的魔境之中，我感到自己繼續在擴大，擴大到了我可以看到自己臉部每一個細胞組織的程度。

這種情形，當然是一種幻覺，但是這種幻覺，卻又來得那麼真實！

到了這時候，我心中忽然問，其實也不是忽然問，而是自然而然地問：為什麼我已經可以這樣清晰地看到我身體組織的每一部份，可是仍然看不到我的心靈？讓我看看我自己的心靈！

我不斷地在心中這麼叫著，這時在我眼前出現的，也就是在那塊平滑的大石面上所顯示的，已經是種種不可捉摸的幻象，我無法形容這些幻象的形狀，它們是那麼怪異，但是卻又給我以十分熟悉的感覺，它們應該是我身體上的一部份，一個細胞，一層皮層的表皮組織，某處的一根神經，一個血小板，總之是我身體的一部份，只不過經過了極度的擴大而已，我實在不能確定實際情形是不是如我所想像的一樣，因為那時，由於極度的迷離，我猜自己的思緒，可能陷入一種不是很正常的狀態之中！

或許，我要求看到我自己的心靈，那種種顯示出來的幻象，就是我的心靈，但是我卻無法理解。

到最後，我的眼前所看到的東西，比較具體得多了，那是兩個玉瑗，看來每一個直徑足有一公尺，好像在緩緩轉動著。

再接下來，一切全回復了正常，我看到了自己的臉，一片迷惘，再沒有人比我在那時更迷惘的了。

這是關於他在地洞中情形的記述，還有一段，是他的分析，那段分析也很有趣，有他獨特的見解。不過，報導發表之後，雖然轟動一時，樂天的那種分析，卻全然沒有人接受。

樂天對整個地洞中怪異的情形，作了如下的分析：

在我又返到地面上之後，我的結論是：這個地洞，當然是天然的。在山腹之中有著深大的洞穴這種地理狀況，並不罕見。

我的假定是：若干年前，有人——極可能是一些中國人，發現了這個地洞，他們開始探索。

我無法說明那些挺立的、光滑的細柱子是怎麼來的，如果說它是天然形成的，那是我自己違反了我自己所想的，但如果是人工的，什麼樣的人，才能造出這樣的細柱子來？這一點，只好存疑。

總之，那些最早探索地洞的人，到了洞底，後來，他們可能不止一次地進入洞底，在洞底裝上了門，和把一塊大石的表面弄得平滑。

他們這樣做，當然不可能是沒有目的的。這就是關鍵所在了。

這個關鍵，我在洞中的時候，沒有法子想得通，一直到我又到了地面，探險隊中最能幹的成員羅追先生把家父翻譯出來的四個字給我看，我才有了一個初步的想像。

這四個字，刻在玉瑗上，刻在洞邊的岩石上，那是「望知之環」四個字。「環」也可能是「瑗」字，但那是無關緊要的，也許在這種玉器初創時，名稱還不是分得那麼精細，圓而中間有孔的，統稱都是環。

我在離開的時候，把門上另一隻玉環，也取了下來，所以一共有兩隻，是我此行的實物收獲。

我的設想是，文字表示得很明白：望知之環，就是希望知道不可測的事的意思。這可以作兩種解釋，其一是這兩個玉環，或是當初進入地洞，在地洞中逗留過的人，有一種神奇的力量，可能通過玉環，使人知道想要知道的事情。其二，是那些人本身，想要知道他們不知道的事。

我曾對著那兩隻玉環冥想，集中自己的精神。由於我不知道該如何著手才好，所以我採取了多種方式，直到有一次，我把兩隻「望知之環」疊在一起，它們的大小形制，是完全一樣的。所以，當它們重疊在一起之後，它們中間的那個圓孔，也一樣大小。

我的視線，由這個圓孔中透過去，突然之間，我感覺視覺又起了幻象，似乎從這個圓孔之中，看到了一些什麼，但那全然是無可捉摸的一些幻象，像是在夢中所見，又像是在抽吸了大麻之後所見，那情形，類似我在洞底，在那塊大石前眼前出現的幻象差不多。

我之特別提出這一點，是說明當時我的神智十分清醒。所以，我認為「望知之環」是一種有著神奇力量的物體。它的神奇力量是什麼呢？是不是可以通過它們，看到你希望看到的東西？或是看到你希望知道的事發生的經過？至於通過什麼方法，才能達到這個目的，到執筆時為止，還一無頭緒，我所發表的，只不過是我的想像。

由於一切是那麼奇妙，所以我的想像，也不免神奇了一點。

樂天在這一大段文字之中，提出了他自己的一種想像，作為結論。

樂教授不願討論那件事

大家不要忘記，故事的敘述者，忽然講起樂天探險的遭遇來，是因為樂清和教授的夫人方婉儀，要樂教授去看一看樂天的那篇報導，所以樂教授才到了書房，專心把那篇報導看了一遍，為了使聽故事的人，能明白樂天探險的經過，所以才將之詳細介紹了一遍。

現在，再回到樂教授的書房去。

樂教授在看完了樂天的報導之後，一動也不動，只是呆呆地坐著。而在他的鼻尖卻有細小的汗珠，在不斷地滲出來。

許多細小的汗珠滲出來之後，由於樂教授沒有把它抹去，所以，漸漸地，匯集成了一顆大汗珠，滴了下來，落在雜誌上。由此可知，樂清和這時是多麼出神。所以，他連有人推開了書房的門，都不知道。

推門進來的是方婉儀，當她看到樂清和坐著一動不動，鼻尖又有一大滴汗快要滴下來之際，她也不禁呆了一呆。她立時走向前來，從襟際掏出絲手絹，輕輕地去抹拭樂清和鼻尖上的汗珠。

她的動作是如此之輕柔，可是當絲手絹碰到樂清和的鼻尖之際，樂清和還是像突然之間，被蜈蚣咬了一口那樣，整個人震動著，彈跳起來。

樂清和這種不尋常的反應，令得方婉儀後退了一步，一副大惑不解的神情，望定了他。

樂清和吁了一口氣，伸手在自己的臉上撫摸著。直到這時，他才知道自己冒了多少汗，一摸之下，整個手全都濕了。高雅而有教養如樂清和教授，他當然不會把濕手向衣服上抹去，所以一時之間，伸著手，顯得十分尷尬。

方婉儀忙把手絹遞了過去，樂清和微笑著接了過來——他們夫妻之間，一向是那樣相敬如賓的。

樂清和抹著手，道：「我在出神，你……是什麼時候進來的？」

方婉儀柔聲道：「才進來——」她的視線落在書桌上的那本雜誌上：「小天的文章，你看完了？」

看樂清和的神情，像是全然不願意討論這件事，但是他又明知非討論不可。所以，他有點無可奈何地道：「看完了，這篇文章——」

方婉儀的神態，像是很焦切，她甚至破例地打斷了樂清和的話：「你看小天的分析是不是有道理？是不是那兩個玉環，可以使人知道想知道的事？」

樂清和緩緩轉過身去，聲音也變得十分遲緩，聽起來，像是他所說的話，每一個字都是逼出來的一樣：「你究竟想知道什麼？」

樂清和在說這話的時候，並沒有望向他的妻子。而方婉儀在回答的時候，也顯然是有意地半偏過頭去，像是怕和她丈夫的目光相接觸。這種情形，在這對恩愛而相親的夫妻的生活中，是很少出現的。

方婉儀望著書櫃，她的話也講得很遲緩：「你何必明知故問？你知道我想要知道什麼。」

樂清和的手，不由自主，有點微微發抖，以致他去拿那個煙斗時，煙斗在桌面上碰擊著，發出了一連串輕微的聲響來。

他低低嘆了一聲，視線凝在煙斗上：「那麼多年了，你還是沒有忘記！」

方婉儀淡然一笑，可是誰都看得出來，她的淺笑之中，充滿了悽楚和悵惘，她道：「正如你所說，那麼多年了，忘或不忘，都沒什麼作用，我只不過想解開我心中的謎團！」

樂清和有點惱怒，聲音提高了些：「那麼簡單的一件事，你偏偏要把它當作謎團！」他在這樣說了之後，立時現出歉然的神情來，柔聲道：「婉儀，你一直把這件事當作疑團，那真是苦了你了！」

方婉儀又是淺淺地一笑，看起來，她笑容中隱藏的悲酸，更加深切了。

方婉儀的痛苦

方婉儀心中的悲切，在她勉力要裝成若無其事的淺笑之中，表露無遺。

只怕世界上很難有人明白，像方婉儀這樣的人，心中還會有什麼悲傷。她出身在一個極富有的家庭，受過高等教育，如今擁有數不清的財產，有一個人盡皆知，深愛她而在學術上有崇高地位的丈夫，有一雙聰明而各在事業上有超特成就的子女，她身體健康，容顏美麗。那一切，幾乎是所有人艷羨的目標！

不，像方婉儀這樣的人，應該是完全浸在幸福之中，不應該有任何悲傷的。但是，如果你看到她那種充滿了悲切的笑容的話，你就會知道，她也和所有不快樂的人一樣，有著深切的痛苦。

樂清和故意避開了眼光，不去看方婉儀的那種笑容，他嘆一聲，裝上了煙，沉默是十分難堪的，他一面點火，一面打破了沉默：「小天呢？叫他來，他這篇報導，有許多不盡不實的地方！」

方婉儀怔了一怔：「小天會撒謊？不會的！」

樂清和深深吸了一口煙：「叫他來問問就知道了！」

方婉儀走了兩步，來到書桌前，由於他們的住屋十分大，所以房間和房間之間，都有內線電話。方婉儀拿起了電話，按下了一個鈕，然後道：「小天，到你爸爸的書房來！」

不到兩分鐘，書房門推開，樂天走了進來。當他進來的時候，發現他的父母都不說話，而且各自都裝成一副若無其事的樣子，這很令樂天感到詫異，他立即看到了攤開在書桌上的雜誌，高興地問：「爸，你看到了我的報導？我準備花一年時間，來研究那兩隻神奇的玉瑗！」

樂清和先不回答，只是輕敲著煙斗，過了一會，才道：「小天，像你這樣的報導，真難以想像，怎麼能被科學界接受！」

樂天立即抗議：「任何人有權憑他的想像，作出大膽的假設！」

樂清和搖頭：「我不是就這一點而言，你的整篇報導，詳細地敘述了你這次探險行動的一切經過，可是最後怎麼了？」

樂天的聲音，聽來有點勉強，儘管他在笑著。他道：「什麼叫最後怎樣了？」

樂清和悶哼了一聲：「最後，就是你是怎麼出來的？你在地洞之中，究竟耽了多久？」

樂天笑著：「這個，我也不記得耽了多久，出來麼，就沿入洞的途徑，攀上那些柱子，又找到了繩子，就回到了地面上。」

樂清和聽了樂天的話之後，只是低嘆了一聲，樂天現出十分倔強的神情來，方婉儀也嘆了一聲，道：「小天，你現在的樣子，和你八歲那年，做了一件事情之後的樣子，一模一樣！」

樂天的聲音有點乾澀：「那次我做了什麼事？」

「撒謊！」方婉儀的聲音之中，只有母愛，並沒有任何的責備。

樂天陡地一震，轉過身去，一直來到門口，鼻子幾乎碰到門了，可是他卻並不打開門，只是站著。

阿普之死

樂天和阿普兩人，回到地面上，是他們進入深洞起，整整三天之後的事。

那時候，在地洞附近的人，已經焦急得個個快要瘋過去了。印第安人的祈禱越來越軟弱，因為他們已經不斷地祈禱了好多小時。

蜜兒一直緊咬著下唇，口唇早已被她咬出血來了。她的口唇是煞白的，一點血色也沒有，所以自唇中滲出來的血，看來更加奪目。她一聲也不出，只是一動不動地在洞邊，望著那深不可測的地洞。

羅追一直要隨繩下去看個究竟，但都被肯地和西恩阻住了，只有陳知今，看來最鎮定，當每個人都焦急得團團轉的時候，他只是不時說上幾句：「這裡正有著奇妙不可思議的事發生，他們會上來的，我相信他們會上來的。」

時間慢慢過去，在羅追已忍無可忍的時候，他用力推開了肯地和西恩，大聲道：「讓我下去！他們可能正在等待救助，我已經耽擱太多的時間了！」

他叫著，弄開軸轆，就在他來到軸轆旁邊之際，他聽到了一陣鈴聲，鈴子是繫在繩上的，繩子動了，鈴才會響。當他聽到了鈴聲之際，他也看到，繩子在抖動！

同時，西恩陡地叫了起來：「有他們的消息了，老天，樂天，你究竟怎麼了？」

這時，所有的人都靜了下來，每一個人都可以聽到，樂天的聲音自無線電通訊儀中傳了出來：「拉我上來再說！」

所有的人都忙碌了起來，完全沒有人注意到，一直不動的蜜兒，身子開始劇烈發著抖，老大的淚珠，自她的眼中滾跌了下來。

軸轆開始滾動，繩子一公尺一公尺地被絞上來。在洞邊的所有人，又是興奮，又是緊張，羅追不斷地催著：「快點！快點！」

他還是嫌那兩個人的動作太慢，推開了其中一個，自己用力去絞著。西恩和肯地，不斷對著無線電對講機說著話，但是樂天看來並不是很願意回答。羅追大聲吩咐：「準備藥箱，他們一上來，可能用得著！」

羅追預料錯了，樂天上來之後，並沒有用到藥箱，他的臉色看來相當蒼白，但是精神卻極好，他一出了洞，像是沒有看到洞邊有那麼多人一樣，也像是沒有聽到在洞邊的人對他發出的歡呼聲，只是抬頭看了一眼，看到了揚起了的帳幕，然後，他一言不發，逕自向帳幕走去。

阿普接著上來，立時被村民圍住了，七嘴八舌地鬧著，可是阿普卻也什麼都不說，只是拉著擠過來的蜜兒的手，向村子走去。

樂天和阿普的神態，都可以說是十分怪異，羅追首先追了上去。樂天向他看了一眼，道：「啊，你回來了，那四個是什麼字？」

羅追道：「望知之環。」

樂天喃喃地將「望知之環」四個字，念了幾遍，才道：「對，應該是這四個字。」

這時，陳知今、西恩和肯地，也全都到了樂天的身邊，西恩道：「天，你下去了好幾天，我們真的以為你不會再上來了！」

樂天淡然一笑：「怎麼會？」

陳知今急喘喘地問：「在洞底發現了什麼？」

樂天看來神情極其恍惚，道：「怪極了，我現在也說不上來，但是我立刻會寫一篇報導，把洞底下詳細的情形寫出來的。」

樂天一面說著，一面已經進了帳幕。

本來，在這樣的情形下，西恩、肯地、陳知今和羅追四個人，作為探險隊的隊員，是應該立即跟進去，去問個究竟的。

可是他們四個人，卻不約而同，在帳幕之外站定，沒有一個人進去。

他們在帳幕外互望著，神情都有一種說不出來的尷尬和不滿。因為樂天對他們的態度，實在是超越了常規的！

一般來說，一個探險隊，如果在工作上有了成就，光榮和收獲，是歸於全隊的。自然，隊中的某些人，可能由於在探險的過程中，有特出的表現，會格外受到尊重，但是其他人的工作，也不會被抹殺。

可是這時，看樂天的情形，就像是整個探險隊，只有他一個人一樣！他甚至不願意向隊員說出冒險的經過！而要把經過的情形，用報導的方式公佈出來。

西恩首先悶哼了一聲：「怎麼樣？整個探險隊的經費全是他支付的，他有權怎麼做，對不對？」

陳知今沉聲道：「我們也可以下這個洞去！」

他負氣講了這句話之後，竟然不由自主，打了一個哆嗦，向那個地洞望了一眼。這樣深的一個深洞，沒有過人的勇氣，是不敢下去的。

肯地嘆了一聲：「或許他是太疲倦了！」

羅追沒有說什麼，做了一個手勢，也走進了帳幕之中。他一進去，就看到樂天坐在一張桌子之前，望著放在桌上的兩隻玉瑗發怔。

羅追「啊」地一聲：「你在洞底，又找到了一個？」

樂天像是沒有聽到一樣。其餘三人，這時也一臉不願意的神情，走了進來，一起在桌邊坐下。帳幕內誰也不講話，氣氛顯得相當難堪。打破沉默的還是樂天，他的話說得十分緩慢：「洞下面的情形很怪異，我不會再下去，我也不會再希望有人下去！」

西恩的脾氣比較急躁，他對樂天的不滿也最甚，所以他一聽得樂天這樣講，立時道：「聽起來，好像你已擁有這個地洞的主權一樣！」

樂天並沒有在意西恩的諷刺，他仍然用極其緩慢的語調說著：「不，不過我放了一點炸藥在洞中，應該快爆炸了吧？炸藥一炸，就不會再有人可以下這個地洞去了！」

陳知今陡地叫了起來：「那怎麼可以，這樣一來，你在洞中見到的情形，就算寫出來，也不會有人相信，因為沒有人再能去證實！」

樂天一直帶著那恍惚的神情，道：「何必要人相信？為什麼要人證實？」

各人都被樂天的態度弄得怔呆，不知如何才好，陳知今有點憤怒，道：「你無權這樣做！」

他這句話才一出口，一下悶啞的爆炸聲，已經傳了過來。樂天現出一種無可奈何的神情來，「或許我沒有權，可是已經做了！」

陳知今更是憤怒，霍然站起：「好，你的報告，我絕不署名！」

樂天望著陳知今，神情仍然恍惚：「我的報導，會是一篇十分奇特的報導，其中有很多是我個人的猜測，我本來沒打算要任何人簽署，一切由我自己一個人來負責！」

樂天的話，講得這樣決絕，那實在是使人無法忍受的，陳知今在怔了一怔之後，昂起頭來，向外走去，當他一手撩起帳幕之際，才想到至少要維持一定的風度，所以他轉過頭來，道：「再見！」

樂天冷冷地道：「再見！」

西恩和肯地都站了起來，他們都明白，和樂天的合作結束了。他們向樂天伸出手來，樂天也站了起來，欲言又止，但終於和他們握了手。兩人也走了出去。

羅追並不是學術方面的研究人員，何況他和樂天是好朋友。樂天在地洞下面，究竟有什麼遭遇，他自然想知道，但如果樂天真的不肯說的話，他也不在乎。所以，他仍然留在帳幕裡，只是以一種十分奇怪的眼光，望著樂天。

他和樂天相處好幾年了，知道樂天從來也不是這樣的人！羅追可以肯定，樂天一定有特殊的原因，才會採取這樣的態度的。

這時，陳知今憤怒的聲音自外傳來：「不論他發現了什麼，他自己毀去了證據！」

西恩道：「那個老印第安人可以證明！」

陳知今道：「我們去問那個老印第安人，看看地洞下究竟有什麼？」

西恩和肯地兩人像是同意了。樂天保持著沉默。就在此際，一陣緩慢和沉重的鼓聲，一下一下，傳了過來。羅追一聽就道：「有人死了！」

樂天吸了一口氣：「是的，阿普死了！」

羅追睜大了眼，一時之間，揮著手，不知道該如何表示才好。阿普在出地洞之際，臉色顯然蒼白，但不會比樂天更差，怎麼不到半小時，他就死了？而樂天像是早已知道阿普的死亡一樣，那麼，是不是地洞之中，有什麼怪異的事，會使人在離洞之後不久就死亡呢？

羅追在呆了一呆之後，失聲道：「那你——」

樂天苦澀地笑了一下：「我不會有事！」

鼓聲仍然一下接一下傳來，樂天緩緩站了起來，他才一站起，帳幕掀開，滿面淚痕的蜜兒，站在門口，抽噎著，想說什麼，又說不出來。

一看到了蜜兒，樂天轉過頭去，聲音很平靜：「你爺爺死的時候，一定很平靜，你不必太難過，我答應你的話，一定會實現的！」

蜜兒停止了抽噎，她的聲音聽來很低，但是卻很堅決：「我要知道，我爺爺是為什麼死的！」

樂天的面肉抽搐了一下——羅追注意到了這一點——緩緩地道：「人老了，總要死的！」

蜜兒又重複了一遍：「我要知道他為什麼會死？」

樂天苦笑了一下：「我不知道，真的。我不知道！我不知道的事太多了！」

蜜兒沒有再說什麼，慢慢轉過身，走了開去。樂天過了好一會，才嘆了一聲，向羅追道：「他們全弄錯了！他們以為我是知道了很多事不說。其實，我是什麼也不知道，一點也不知道！」

羅追皺著眉，他是個反應極快，心思十分縝密的人，但卻也不知道樂天這樣講，是什麼意思。樂天又苦笑了一下，做了一個手勢：「別問我什麼！」

羅追聳了聳肩：「我的好奇心並不強烈！」

樂天又去注視那兩隻玉瑗，一直沒有再說話。十分鐘後，羅追被陳知今叫了出去。

陳知今要羅追安排他們六時離去，這件事不難辦，引出了幾個嚮導，帶領陳知今、西恩和肯地離去，這三個人一走，整個探險隊，算是解散了。

羅追又幫助辦理了阿普的喪事，阿普看起來像是無疾而終的，臉上還帶著笑容。以羅追的經驗，也看不出阿普是怎麼死的。而羅追由於他生活經歷的異特豐富，在這方面的知識，絕對不會比一個專業的法醫差。

樂天一直在帳幕中沒有出來。第二天下午，探險隊剩下來的人才離去，帶走了蜜兒。

在行程中，樂天一直不說話，似乎他不是和一隊人一起在走著，而只是他單獨一個人一樣，他甚至對身邊的人視而不見。當然，別人在看他，只怕他也不會感覺得到。而視線一直停留在他身上的蜜兒。不消多久，羅追就感到這一點了。

羅追心中感到吃驚，他真不明白何以在一個瘦小的印第安小姑娘的雙眼之中，會蘊藏著那麼複雜，那麼難以形容的眼神。

羅追曾好幾次，想硬起心腸來，告訴蜜兒一個事實，樂天認識她，只不過是一個偶然，樂天答應她的事，在她來說，是改變了她的一生，但是對樂天來說，卻只是微不足道的小事，樂天根本不會記得，當她和樂天分開之後，樂天會將一切忘得一點不剩！但是羅追卻終於忍住了，沒有把這番話說出來，因為他看出在如今這樣的情形下，把這番話對蜜兒說，那實在太殘忍了些。羅追心想：到了波哥大之後，蜜兒的生活會發生天翻地覆的變化。到那時候，她不再是一個在山區長大的無知小姑娘，到時候，她自己會明白，就讓她自己去明白好了。

在到波哥大的旅程，可以說是一個沉默的旅程，到了波哥大之後，樂天把蜜兒交給了當地的一個朋友，那是一個銀行家，剛好那個銀行家自己沒有兒女，蜜兒的來到，使他有意外之喜。

當天晚上，樂天、羅追就搭機離去，在樂天將上機的一剎間，蜜兒突然衝了過來，在樂天的頰上，親了一下，又飛奔著跑了開去。

樂天並不是直接回家，而是到了美國，在美國，他為了那篇報導，花了他三個月的時間，在這三個月中，他留起了鬍子，所以當他回家的時候，連范叔也幾乎不認得他了。而自從他回家之後，范叔就一直在嘀咕他的鬍子。

樂天的報導，並沒有寫到他出洞之後，和探險隊其他成員不歡而散的經過，連阿普的死也沒有寫。

所以，他的報導，在明眼人看來，一下就可以看出其中隱瞞了大段事實。樂清和就看出來了，所以才直接地向樂天提出了這個問題。

隱瞞事實

樂天的神情，明顯有點恍惚，樂清和盯著他的背影，多少有點嚴厲。

樂天並不轉過身來，他緩緩地道：「我並沒有撒謊，只是沒有把一些事寫出來。」

樂清和的聲音中帶著責備：「那不是一個工作者應有的態度！你為什麼要把一些事隱瞞起來？」

從樂天的背部輕微的顫動來看，他的神情正相當激動，他顯然竭力在使自己平靜：「因為我不想說！」

樂清和惱怒起來：「你不想說，你知不知道，由於這篇報導，你母親要去做一件十分無聊的事？」

樂清和很少這樣發怒的，而方婉儀也很少這樣提高了聲音說話的。她立時道：

「我愛做的事情，絕不無聊，對我來說，一直是我想知道的事！」

樂天震動了一下，轉過身來，望著他的父母。

在他的記憶之中，他的父母從來也未曾爭吵過，但這時他們的意見不合，誰都可以看得出來。

樂天不明白他們爭執是為了什麼。

這時，樂清和有點乾澀地笑了起來。

樂清和一面笑，一面一掌拍在雜誌上，道：「你那兩隻玉瑗呢？」

樂天沉聲道：「在，剛才我還在凝視它們。」

樂清和「哼」地一聲：「看到了什麼幻象？你母親想通過那兩隻玉瑗，知道一件事的經過，希望真有這樣的力量，能使她的願望實現！」

樂清和話中諷刺的意味，誰都可以聽得出來，方婉儀緊抿著嘴，樂天皺了皺眉，問：「媽，什麼事？」

方婉儀淡然道：「我不想你知道！」

樂天並沒有再問下去，只是道：「或許，你可以在那兩隻玉瑗中得到答案。」

方婉儀的眼光移到了她丈夫身上：「清和，我要去，再回到原來的地方去，帶著那兩隻玉瑗，你不要再說這是無聊的事！」

樂清和呵呵笑了起來，雙手高舉，做出投降的姿態來，「好！好！反正我們很久沒有旅行了，況且南部的氣候又那麼令人懷念，我們一起去！」

方婉儀溫柔地笑了起來，伸手在她丈夫的手背上，輕輕碰了一下，三個人一起離開了書房，樂清和與樂天，進了樂天的房間。

樂清和一進來，反手關上了門，神情變得嚴厲，道：「小天，你的那篇報導，不能作為正式的科學文獻，為什麼你要把一些事隱瞞起來？」

樂天嘆了一聲，雙手抱著頭：「爸，別問我，好不好？」

樂清和的聲音更嚴肅：「小天，作為一個科學家，一定要實事求是，不能單憑猜測，這次你的探險——」

樂清和還沒有講完，樂天已陡然叫了起來：「我知道！我知道作為一個科學家，應該怎麼樣！」

樂天的聲音是如此之尖銳，而且他的臉色是如此之蒼白，這表示他的情緒在極度的激昂之中。

樂清和從來也未曾見過兒子在自己的面前有這樣的神態過，他呆了一呆，沒有再說下去。

樂天在不由自主地喘著氣，過了一會，他才道：「爸，我愛好探險，愛好考古，是因為這兩門學問，可以觸及人類歷史上的奧秘，是十分神秘的學問，和一般的科學，有所不同！」

樂清和冷冷地道：「我不知道你想解釋些什麼？」

樂天揮著手，大聲道：「我是說，我所遭遇到的困惑，已經不是如今人類的科學知識所能解釋的！」

樂清和揚著眉：「我明白了，你的意思是，你在那個地洞下面，有一大段遭遇，你根本未曾寫出來，是不是？」

在樂清和的嚴肅詰問之下，樂天只好緩緩地點了點頭。

樂清和嘆了一聲：「或許你有你的原因，但這樣一來，使得你的整篇報導，變得毫無價值，使人看來只不過是一部電影的故事！」

樂天並沒有直接回答他父親的話，只是苦笑了一下，喃喃地道：「如果我全部寫出來了，那麼，我的報導，看起來就像是一個瘋子的囈語！」

樂清和深深地吸了一口氣，這時，他可以肯定，樂天在那個深不可測、怪異莫名的地洞之下，一定還有著十分詭異的遭遇。

但是他也深知自己兒子的性格，知道他若是不願意講出來的話，那是不可能有什麼力量逼他說出來的。

看著樂天那種煩惱和茫然的神情，樂清和有點同情他。他伸手在樂天的肩上，輕拍了兩下：「小天，別心急，很多複雜的問題，在通過縝密的思考之後，一旦開朗，會變成很簡單！」

樂天的神情帶著點無可奈何，緩緩搖著頭：「但願如此，我不知道媽希望知道什麼，但是我倒真希望媽的願望可以實現，那至少可以解決了我心中的一個大疑團！」

樂清和一時之間，不明白樂天這樣說是什麼意思！可是他妻子想知道的事……那牽涉到三十年前的一件往事，卻令得他一想起來，就覺得心中一陣刺痛。

這種刺痛是那麼實在，以致令得他的手，不由自主，伸手撫住了自己的心口。

他不願樂天看到他的這種神情，所以他轉過了身去。

樂清和的心中十分明白，可以絕對肯定，他心中蘊藏著的秘密，世界上只有他一個人知道。

而且他早已打定了主意，把這個秘密一直藏著，已經藏了三十年，當然可以再一直隱藏下去。

等到他死了之後，那麼，世上就再也不會有人知道這個秘密了。

可是儘管他絕對肯定，自己心中的秘密不會有任何人知道，心中有秘密的人，總是有著秘密的，他會在任何時刻，用一切方法來掩飾。

就算根本沒有人懷疑，他也會隨時想到：

對方可能是在窺探我的秘密！

在開始的幾年，樂清和甚至連睡也睡不好，隨著時間的過去，他已經漸漸習慣了，感到秘密隱藏得極好，再也不可能有人知道了。

可是偏偏在事隔了那麼多年之後，樂天在那個地洞裡找到了什麼「望知之環」，又寫了這樣一篇有頭無尾的報導，令得他的妻子方婉儀相信了，可以通過那兩隻玉瑗，知道一件事情的經過！

這當然使得樂清和感到困擾，因為方婉儀要知道的事，就是樂清和準備帶進墳墓去的秘密！

不過樂清和的困擾並不算是太深，主要還是由於蘊藏在他心中的秘密實在太驚人了，所以有任何觸到這個秘密的可能時，他都會感到震動。

事實上，他根本不相信在兩隻玉瑗的中心，可以看到什麼！

就算有，那也只是凝視太久的幻象而已。

迷惑的事

至於在地洞之中，樂天在那塊光滑如鏡的大石之前，說他看到了許多難以捉摸的形象，照樂清和的想法，那極可能是由於地洞太深，下面氧氣不足，而導致人腦的活動遲鈍所產生的錯覺。

樂清和在轉過身去之後，在極短的時間中，就鎮定了下來，他告訴自己：沒有什麼可以驚惶的，心中的秘密，將永遠是秘密。

所以，他的神態也迅速恢復了鎮定，仍然用一個父親應有的嚴肅聲音道：「小天，別太鑽牛角尖了，太虛幻的事，有些是追求不到的！」

樂天發出了一下聲音很低的苦笑聲：「爸，我知道！」

樂清和揮了一下手，打開門，走了出去。樂天雙手抱著頭，在一堆不知是什麼時代的石頭器皿上，坐了下來。

他心中在想的是：自己的這篇報導，反應當然不好，在寫這篇報導時，他已經料到會有這樣的反應。沒有人會對這樣的一篇報導感到滿意，因為一看就可以看出來，這篇報導並不完整，隱瞞了一部份事實。

然而，當時他還有不可遏止的衝動，寫下了這篇報導，他感到，一定會有人同意他的假定，不管是不是有事實被隱瞞著，他提出來的假定，應該有人會接受。他的假設是：「通過一種方法，利用這兩隻玉瑗，可以使人知道自己想知道的事！」

這種說法自然太玄虛，他並不期望有大多人會同意，會發出回響。可是，相信了他提出的假設的，竟然是他的母親，這一點，卻令他感到意外。

他的思緒十分亂，他母親是從小到大，一直被人間所有的一切幸福包圍著的一個人，會有什麼事是她極想知道的？以致會相信了他的假設，還是因為提出這種虛幻假設的是她的兒子？

樂天感到很迷惑，就當他在思索著這個問題之際，門上傳來了輕輕的敲門聲。樂天甚至不必抬起頭來，也可以肯定是他的母親站在門外。母親連敲門聲都是那麼優雅，他一面站起來，一面提高了聲音：「媽，請進來！」

門推開，方婉儀走了進來，反手關上了門，低嘆了一聲：「小天，你爸爸對你的那篇報導，好像很不滿意！」

樂天苦笑：「事實上，我自己也不滿意！」

方婉儀的話很委婉：「如果把所有的經歷全寫出來，是不是會好一點？」

樂天被他母親那種高明的說話技巧，逗得笑了起來：「媽！我在報導中沒有寫到的事有……那個印第安小姑娘。她叫蜜兒，我把她送到波哥大去了，讓她過公主一樣的生活，那是我答應她的！」

這種事，要花費大量的金錢，是普通人所不敢想像的。

但是方婉儀從小到大，從來也沒有受過金錢的困擾，她有著隨便怎麼用也用不完的錢，所以她聽了之後，只是淡然一笑，對這種事，連半句話也沒有再問，只是安詳地望著樂天。

樂天感到母親的眼光雖然柔和，充滿著一個母親應有的愛憐，但是也像是可以看穿他的心事一樣，所以他半轉過頭去，避開了他母親的眼光。

方婉儀的聲音聽來仍然不急不徐：「小天，如果你不肯對人說的那一部份，會影響到『望知之環』的神奇力量，我要你對我說！」

樂天忙道：「不會！不會！」

他望向他的母親：「事實上，究竟怎樣發揮『望知之環』的力量，我也不知道，但是我至少有一個概念，集中力量的凝視，全心全意，運用自己所有的意志力去求知，會有一定的作用。」

方婉儀沉聲道：「在事情發生的地點進行，是不是會好一點？」

樂天呆了一下，他沒有想到過這個問題，所以他在想了一想之後才道：「如果冥冥之中，真有一種這樣神奇能力存在的話，那麼，在事情發生的地點，照說，總比在遙遠的地方來得好些。」

方婉儀沒有再說什麼，看她的神情，像是陷入了沉思之中。樂天好幾次想問：「媽，你想知道的究竟是什麼事情？」但是他卻沒有問出口，只是將那一對玉瑗，推到了他母親的身旁。

方婉儀默默地接過來，將兩隻玉瑗疊在一起，兩隻玉瑗同樣大小，這樣的玉器，出身在豪富家庭的方婉儀，從小就見過不知多少。這一對玉瑗，托在手上，似乎有一種神奇的力量，通過玉瑗中心的圓孔，可以看到什麼呢？

這時，方婉儀看出去，只看到自己的手紋，她思緒十分紊亂，思想完全不能集中。她想到許多莫名其妙的事，想到了有一派學說，說一個人生的命運，全都刻在這個人掌心的紋路之上。

真是這樣的嗎？方婉儀不由自主苦笑了起來。沒有人知道，真的沒有人知道，連她的丈夫也不知道，她自從那件事之後，內心所懷著的創痛，一直未曾平復過，任何時候，一想起來，所感受到的那陣創痛，是如此之猛烈，一點也不因為時間的消逝而稍稍減退。

有時，連她自己也不明白，何以創痛竟會如此之深，三十年之久，一點也沒有癒合的跡象。人人都以為她早已淡忘了，但是她自己知道，一點也沒有忘！

方婉儀曾強逼自己不要再去想，但是她卻做不到，她一直在想，而且，一直不讓任何人知道她還在想，這或許就是樂天的假設，令得她相信的原因。

方婉儀沒有再說什麼，握住了那對玉瑗，默默地走了出去。在她走出去的那一剎間，樂天不禁用力地搖了一下頭，又伸手在自己的頭上，重重拍了一下。

因為在那一剎間，樂天感到，自己的母親，看起來竟像是世上最悲苦的人，他當然無法相信這是事實，母親應該是世上最幸福的人，所以他才會有那樣的動作。

方婉儀回到了自己的房間，由於住宅十分大，樂清和夫婦的臥房是一個套間，包括了兩間寬敞的臥室，佈置得十分清淡和舒適。方婉儀在一張安樂椅上坐了下來，讓天鵝絨的椅子，把她的身子包圍起來。

她經常這樣獨自坐著，讓回憶來折磨自己。像她這樣，看起來應有盡有的人，還有什麼可以折磨她的呢？唯一的可能，自然是感情上的創傷，不錯，就是感情上的創傷。

每當她緊靠著安樂椅的椅背之際，她就會隱隱感到，自己是靠著一副寬闊、堅強的胸膛，她甚至可以幻想到有一股暖氣，在她的頭頂吹著氣，令她感到有點癢，有點軟，有說不出來的舒服。

有時，當她更深地沉入回憶中時，她會突然不由自主，失聲叫出來：「封白！」

知己難求

封白絕不是一個美男子，雖然他身形高而健壯，可是他的臉稍嫌長，鼻子也太大了一點，眉不夠濃，不是那種美男子的典型。可是封白卻有著一種令異性一看到他就為之心醉的氣質。那種在封白身上每一個毛孔中散發出來的浪漫氣質，使得和他接近的女性，感到就算天塌下來，他也有把天頂住的力量。

封白令得女性心醉的，還有他充滿了男性魅力的聲音，和那種聲音所組成的永遠是很動聽的語言，那簡直是可以把任何女人聽得癡醉。

自然，還有相當重要的一點是，封白出身在一個鉅富的書香之家，他身邊所有的東西，永遠是最好的，即使在其他富家子弟看來也是很困難的事，在封白來說，卻都是最簡單不過的。

上天幾乎把一切好處都給了封白，他聰明過人，體魄強健，學業驕人。而且，他待人又是那麼豪爽、坦率、熱情，他沒有一個敵人，而幾乎全世界的人，都是他的朋友。和這樣的一個人在一起。他的快樂，會傳染給每一個在他身邊的人。

對方婉儀來說，和封白在一起的時刻，永遠是最快樂的時刻。方婉儀第一次見到封白的時候，還紮著兩條小辮子，十一歲，她清楚地記得那一天，正在一個琴藝絕佳，但是人卻古板得可怕的鋼琴老師的督促下彈鋼琴，奏的是貝多芬的「給愛麗絲」。她奏得那樣感情洋溢，令得那個馬臉的女老師，似乎永遠不笑的臉上，也現出了極其滿意的笑容來。

就在方婉儀奏完一曲之際，范叔急匆匆地奔了進來：「小姐！小姐！老爺叫你去，老爺有一個好朋友來了！」

方婉儀先向老師望了一眼，得了許可，她才慢慢地走了出去，范叔叔拉住了她的手，道：「就是老爺時時提起的封伯怕！」

方婉儀知道「封伯伯」是什麼人，雖然她還未曾見過，因為她常聽得她的父親說：「人生得一知己，死而無憾。」而父親口中的知己，就是封伯伯。

她也記得，每當父親接到封伯伯來信時，會多麼高興，會自己一個人大口大口喝酒，又會把她抱得老高，拋起來又接住。

封伯伯是爸爸的好朋友，方婉儀知道，封伯伯的名字是封秋葉。為了這個名字，方婉儀還曾受過一次莫名的委屈。

一個新來的老師，不清楚方婉儀的家庭背景，在有一次上課的時候，解釋到好朋友的定義，恰好指到方婉儀，要她就自己的了解解說一下。方婉儀站了起來，道：「我知道什麼叫好朋友，我爸爸就有一個好朋友，封伯伯。」

老師問：「那位封伯伯叫什麼名字？」

方婉儀照實回答：「封伯伯的名字是封秋葉，他住在雲南！」

老師的面色變了一下，現出極不高興的神情來，申斥著方婉儀：「小孩子不要胡說八道，你說的那位封將軍，是我國近代史上著名的英雄人物，他不到三十歲，就為國家建立了極大的功勳，你想像他是你父親的好朋友，這大概是由於你對他的崇敬。」

尋常孩子，受了委屈，一定會哭了，可是方婉儀卻不，她先是覺得怔呆，接著覺得滑稽，不明白老師何以把一個將軍看得這樣嚴重，在她的家裡，見到過的將軍不知有多少？再大的官，也抱起她來，她還不喜歡人家抱哩！這一次，她回家之後，把課堂中的事，告訴了她的父親，她父親只是笑笑，第二天陪她上學，見到了那位老師，遞上了一張名片，只講了一句話：「我是方婉儀的父親，封秋葉是我最好的朋友！」

那老師一看到名片上印的名字：方風揚，登時呆住了出不得聲，而方婉儀已跳著進課堂了。

封伯伯來了，這表示，家裡有一件大事發生了，所以方婉儀急急走了出去，她要看看「好朋友」是什麼樣子的。在她父親的書房中，她第一次看見父親和另一個男人擁抱在一起，互相用力拍著對方的肩，她也第一次看到了封白，封白站在一旁，側著頭，用一種十分嚴肅的神情看著兩個好朋友的擁抱。

方婉儀那時候，不會比封白矮，可是她一看到了封白，就有他比她大的感覺，她只是不喜歡封白那種太像大人的神情。

但是封白立時轉過頭來，發現了她，神情變得佻皮，向她眨了眨一隻眼。一直到多少年之後，方婉儀仍然憎恨自己學不會一隻眼睛的眨動。當時，她全然不知道該如何對付眼前的這個男孩子。自然，她也絕沒有小裡小氣地站著玩自己的辮梢，她向封白大方地笑了一下，向她的父親走了過去。

極重要的一件事

方婉儀向前走去，她的父親立時發現了她，一把將她拉了過去，抱了起來，那令得方婉儀大窘，她已經是一個大女孩了，不要人家把她當小孩子一樣抱。她一直感謝封白的是，封白非但沒有取笑她，而且當她向他望去之際，封白還故意轉過頭去，當作沒有看到一樣。那使她有足夠的時間掙脫下地。

她的父親已呵呵笑著，指著她道：「秋葉，你看，這是婉儀，我的女兒。婉儀，叫封伯伯！」

方婉儀抬起頭來看，看到了一張清秀而略帶威嚴的臉，目光湛然，正向她望來。方婉儀從小就見過不少大人物，但是從來也未曾見過令自己感到這樣親切的一個大人物，她叫了一聲，封伯伯招手，叫封白過來，封白把左手放在背後，右手伸了出來，道：「我叫封白！」

方婉儀學著他，道：「我叫方婉儀！」

這是他們第一次握手。

從他們的第一次握手，到第一次接吻，到第一次互相坦誠相對，到他們第一次……其中當然相隔了很多年，但是方婉儀知道，一切，都是在第一次握手的時候，在那次握手之際，互相望著對方時，就已經決定了的。

當她和封白的手分開之後，方婉儀只記得父親和封伯伯不斷地在講話，不斷地在笑著，然後，封白就來到了她的身邊，向她作了一個鬼臉，從口袋中，半掏出一樣東西來，又迅速放回袋中。

方婉儀只看到那是一個扁圓形的東西，金光閃閃，還沒看清是什麼，封白已做了一個手勢，示意她和他一起離開書房。

方婉儀想表示女孩子的矜持，可是卻半秒鐘也沒有猶疑，就跟著他走了出去。

像方婉儀那時這樣年紀的小女孩，又出生在這樣的家庭之中，通常都是很高傲的，方婉儀本來也很高傲，可是在封白的面前，她的高傲完全消失了，代之而起的是對這個男孩無比的興趣。

走出了書房，方婉儀像是有一種預感一樣，感到眼前這個第一次見面的男孩，一定可以給自己一種從未曾有過的快樂。尤其，當封白虛掩了書房的門，向她神秘地眨著眼的時候。

可是在一開始之際，方婉儀卻是失望的。封白一面眨著眼，一面自衣袋中，取出了一樣東西來，在方婉儀的面前揚了一揚。

方婉儀本來一心以為那是什麼新奇有趣之極的東西，可是等到看清楚了之後，她自然而然地撇了撇嘴，現出了一副不屑的神氣來。

封白給她看的，是一隻極其精緻的掛錶，連著金鏈，和鏈上的碧玉墜。那隻掛錶的兩面，都有著琺瑯質的精工繪畫。

這樣的一隻精緻的掛錶，在其他的小孩眼中，可以成為極其稀罕的玩物，可是出身於豪富之家的方婉儀，對這種東西，看得實在太多了，她在三歲之前，摔壞了的掛錶，幾乎全是和封白手中所拿的那隻同等級的。她連一打開來之後，有人物會移動，有噴泉流動的都見過，那自然令她失望之至了。

看了方婉儀這種不屑的神情，封白多少有點尷尬，但是他卻一點也不氣餒，指了指書房，學著大人的步法，走了幾步，又老氣橫秋地取出掛錶來看看時間。方婉儀起先莫名其妙，直到封白把書房的門打開一道縫，叫她向裡面張望時，她才明白，那隻掛錶，原來是在他父親身上的。

而當方婉儀由門縫中向書房內望去之際，恰好看到封將軍想掏出掛錶來看時間，而發現掛錶不見了時的那副手忙腳亂的狼狽相！

方婉儀從來也沒有這樣想大笑過！這樣想笑，而又非忍住了笑不可，那真是一件辛苦之極的事。不論事隔多少年，方婉儀都不會忘了這種感覺。而這時候，她實在不敢笑出來，因為封將軍已經變得十分憤怒，正在大叫：「封白！」

封將軍的叫聲，將方婉儀嚇了一跳，就在這時，封白的手已經伸過來，握住了方婉儀的手，拉著她向外便奔。方婉儀從來也沒有那麼快速地奔跑過，可是拉著她的封白，奔得那麼快，她只得勉力跟著，以免跌倒。所以，當他們奔到了花園的草地上，封白陡然鬆開手之際，方婉儀立時滾跌在地上，一顆心幾乎要從口中直跳了出來。

封白也立時滾跌在草地上，一面打著滾，一面爆發出轟笑聲來。方婉儀也大笑了起來，那是她一生之中，第一次如此開懷大笑，她一面笑著，一面打著滾，學著封白翻著筋斗，直到笑得淚水直流，肚子的肌肉發痛，她還是沒有法子止住笑。

這一場大笑究竟笑了多久？由於在大笑的時候，實在太歡暢了，在回憶之中，根本已沒有了時間的存在，她只記得，當她和封白兩人，在草地上滾得滿頭滿臉都是草屑，還在互相指著對方大笑的時候，封白突然止住了笑聲，神情變得古怪之極，盯著她的背後。

方婉儀怔了一怔，立時轉過頭去看時，或許是由於已經笑夠了，但就算沒有笑夠，她也笑不出來了。因為她一回頭，就看到她父親和封伯伯，並肩站著，她父親皺著眉，那倒還好，封伯伯卻是一臉怒容，看起來令人可畏。

方婉儀也不笑了，封白的神情更古怪，僵硬得像是一尊石像一樣，維持著原來的姿勢一動也不動，看來更是又滑稽又可憐。

封將軍怒聲道：「起來，像什麼樣子！」

方婉儀這才發覺，自己的姿態樣子，不會比封白好到哪裡去，而且她還是一個女孩子，她和封白一起站了起來，令方婉儀最難忘和最高興的是，眼看一場嚴厲的責罰難免了，可是封白在站起來的時候，還向她做了一個鬼臉。方婉儀像是聽到封白在對她說：「不要緊，大不了捱一頓打！」

她和封白見面以來，根本一句話也未曾交談過，可是這時，她看到封白的神情，就已經知道封白的心中，要對她說些什麼！

封將軍又在厲聲喝著：「封白，過來！」

封白大大方方，一點也沒有閃縮地向他的父親走了過來。封將軍已經揚起手來，封白那時的高度，還不到他父親的胸口，可是仍然沒有一點畏縮的表現。

方婉儀在這時候，突然叫了起來：「封伯伯！」

封將軍呆了一呆，向方婉儀望來，方婉儀的聲音，清脆而動聽，聲音不是十分高昂，可是聽來卻已經給人以一種心平氣和之感。她道：「封伯伯，封白，他剛才教了我一件十分重要的事！」

封將軍愕然：「他教你？他有什麼好事教人？」

方婉儀十分鎮定地道：「他教會了我，父親也是可以開玩笑的！」

方婉儀說得這樣正經，而且一副慷慨就義的神情，令得封秋葉和方風揚這兩個大人物，都呆了一呆。他們全是受過高等教育，思想十分新而且開朗的人，自然明白這個小女孩一本正經這樣說出來的那句話中所含的真正含義。

父親也可以開玩笑的，這表示一種對傳統的、封建的父權觀念的對抗，這正是他們兩人畢生從事奮鬥，盡力在提倡的目標！

這真是極重要的一件事！

一對青梅竹馬的戀人

封秋葉揚起的手，緩緩地垂了下來。當他的手垂下之際，封白已經將他的掛錶，迅速塞進了他的手中。

封秋葉和方風揚兩人互望著，呵呵大笑了起來，封秋葉撫著方婉儀的頭笑：「你說得對！」

他只說了一句話，就和方風揚兩人，像是什麼事也沒有發生過一樣，走了開去。

封白向方婉儀望來，也沒有說什麼，只是在草地上躺了下來，過了片刻，才道：「你比我會說話！」

方婉儀的回答是：「看到你快捱打了，我非說不可！」

封白笑了起來，拍著身邊的草地。

方婉儀完全明白，封白是要她躺在他的身邊，她應該拒絕的，可是她卻連想都沒有想，就在封白的身邊，躺了下來。

他們望著藍天白雲，爭著講話。

從那次開始，他們不知有過多少次這樣並肩的喁喁細語，使他們互相之間的瞭解，一步一步加深。

自從那次相會之後，他們有太多的機會在一起。封秋葉帶封白來的目的，是要他在大城市中受中學教育，方風揚是封秋葉最好的朋友，所以封白順理成章地住進了方家的大宅。

雖然中學他們並不同校，方婉儀念的是一家著名的貴族女子中學，封白念的是另一家著名的男校，但是同住在一所屋子裡，屋子再大，他們見面的機會也不會少了。

日子一天一天地過去，少年人一天一天長大，方婉儀在開始時，只覺得一天見不到封白就不快樂，最重要的是她知道，不論自己有什麼要求，封白只要做得到的，一定會為她去做，而她也知道，封白也和她一樣，爭取每一個和她見面的機會。

封白並不是很喜歡彈琴，他好動，好動到了極點。然而當她一小時接一小時練琴的時候，封白就會像石頭一樣地站在旁邊。每當方婉儀回頭時，和封白的目光互相接觸之際，她覺得自己的血流加快，指尖之上，充滿了感情，琴音也就格外動人。

不知道是不是由於這個原故，方婉儀的藝術才能，得到迅速發展，已經是公認的有遠大前程的音樂家和藝術家了。而封白，則在運動方面展示了他的才能，他得到摩托車越野賽的全國冠軍的那天，方婉儀奔上去獻花，兩人互望著，心頭都有說不出來的甜蜜。

當天晚上，當他們靠在花園中那棵梧桐樹下面的時候，月白風清，白蘭花的香味，中人欲醉，他們倆都醉在難以形容的甜蜜之中，自然而然地，他們的唇湊在一起。當那一剎間，似乎天地間什麼都不存在了，只有他們倆，或許在他們的心中，連自己也不存在了，只有對方才存在。

到了中學畢業之後，封秋葉又從雲南到來，商量著他們出國留學的問題。在上次封秋葉來的時候，相隔了六年，封秋葉和方風揚兩個人，看起來沒有什麼不同，但是方婉儀和封白，卻完全變了。封白挺拔、黝黑、強壯，像牛一般地堅實。方婉儀窈窕、嬌細、溫柔、美麗，幾乎所有與美麗有關的形容詞，都可以加在她的身上。

而當封秋葉和方風揚這兩個在各方面都大有成就的中年人，望著這一對青年男女之際，他們心中的歡欣，真是難以形容！

出國留學，美國、英國、法國、日本，可供選擇的實在太多。當他們選擇之際，只是興高采烈地在討論著，當然他們也知道，決定去什麼地方，對他們以後的一生，可能會有影響，可是他們卻絕未曾想到，決定到什麼地方去留學，會令得他們的一生，發生如此巨大的變化！

事實上，任何人，當他在可以有選擇之際，不論選擇的是哪一方，就會對他的將來，有著影響，因而起變化。變化可能大，可能小，而起因，只是當時看來無關緊要的一個決定。甚至出門口時，決定靠左邊走，還是靠右邊走，也會影響以後的一生。

這種情形，就像是平面幾何圖形中的一個角。譬如說，一個三十度的角，它的兩邊，可以很短，也可以很長，理論上來說，可以無限制地延長，越是延長，角的兩邊的盡端的距離就越遠，可以遠到無限遠。

他們最後的決定是到法國去。

因為法國一家著名的藝術學院，接受了方婉儀的申請。而巴黎大學的化工系，也接受了封白的申請。而且，年輕人總憧憬法國的浪漫氣氛。

到法國去，這就成了決定。

當時，正是第二次世界大戰結束之後的第三年。在戰爭中，方、封兩家的財產並沒有受到什麼損失。反而在戰後，迅速地得到了發展。而且，方風揚的眼光極好，早就逐步把財產轉到海外地區，香港是他選中的第一個目標，大量的投資，已經收到成果，使他的財富，近乎幾何級數地增長著。

到了法國之後，兩家大學全在巴黎，方婉儀和封白見面的次數沒有以前多，但是也絕不少，兩人的見識廣了，學識豐富了，身體成熟了，那也更使得他們都肯定了一點：世界上再也沒有一對男女，能比他們更匹配的了。他們互相愛對方，愛得如此之深，使得他們周圍的人，都感到驚訝不已。

在封白生活中，有不少金髮碧眼、曲線玲瓏的美女，想進攻封白，可是封白卻完全視若無睹，而當那些美女看到了方婉儀之後，也都知難而退。

在方婉儀方面，所有的同學，甚至包括藝術學院的教授在內，看到了這樣的東方美人，全都驚得呆了。他們絕未曾想到過，一個女性的美，可以美到了這種程度。不知道有多少高鼻深目的青年，想得到方婉儀的一笑，但是他們全都失望了。

而且，方婉儀的氣派，也令得他們不敢妄動，方家在學校附近買下了一幢花園洋房，給方婉儀住，派了范叔和范嬸跟著方婉儀到法國，照顧她的起居。豪華的房車，有穿制服的女司機，看門人是身型高大的印度人，就差沒有私人軍隊了。

初次見面驚為天人

於是，方婉儀的外號，就被叫做「冰雪雕成的東方公主」。方婉儀也不理會這些，只是沉浸在她的藝術天地和幸福的愛情之中。

方婉儀住的那幢洋房，十分寬敞，而且她又有著用不完的錢，又豪爽喜客，所以，她的房子，很快就成為大學生最喜歡去的地方。各種各樣的大學生都有，到後來，連成名的教授、學者、作家、音樂家和藝術家，也常來參加不定期舉行的聚會。方婉儀若是嫌太吵鬧，想要靜一靜時，她大可到三樓她自己的臥室之中去，在那裡，樓下大廳中的喧鬧聲，是傳不上去的。

封白最常帶人來參加，他豪爽的性格，使他極其容易交朋友，在封白的同學之中，有一個年輕人，和封白的友誼最好，幾乎封白每次來，他都一起來，自然而然，他也認識了方婉儀。這個年輕人，是巴黎大學文學院的高材生，樂清和。

和封白、方婉儀剛好相反，樂清和的家境十分貧困。他的父親，只是一名普通的紗廠工人。樂清和能夠到法國來留學，是依靠他中學時代就已經展示的超人才能。他幾乎過目不忘，而他讀書精神之驚人，也是罕見的，他可以一天十幾小時埋在書堆之中。作為一個中學生，在古代文字考證方面的論文發表出來，使人以為那是研究文字學的老教授所寫的。

樂清和的才能，受到了巴黎大學漢學教授的賞識，給他申請了一份獎學金，使他可以到法國來深造。作為一個清貧學生，他的生活費用，要靠他在法國做各種各樣的工作，甚至包括通陰溝在內來賺取。

樂清和住的是一個十分殘破的舊房子的閣樓，閣樓的斜屋頂使得他在他的房間中時，只能坐著，無法站起來。

可是，樂清和雖然清貧，但是卻器宇軒昂，儀表不凡。最難得的是，他對於自己的貧困，一點也沒有自卑感，在同學之中，侃侃而談，遇到他的文章，在國際知名的雜誌上發表時，得到的稿酬，照樣豪氣干雲，請起同學的客來，毫無吝嗇。

封白和樂清和成為好朋友，是兩個都喜歡運動，在網球場上交手時，「打」成相識的。兩個人爭奪全校網球冠軍，五局球賽，四局是二比二，最後爭勝的一局，打到了六比六之後，再連打七球，又是六比六。

封白和樂清和同時舉高了球拍，都表示不想再打下去，因為兩人的球技相當，憑一球之勝，勝了也不光彩。他們的舉動，是全然不約而同的，博得了如雷的掌聲，兩人一起奔過來，隔著球網，緊緊握手。然後，一起向觀眾鞠躬，方婉儀奔進來和封白握手，當樂清和在陽光之下，第一眼看到方婉儀時，他整個人，卻如同遭受到雷殛一樣地呆住了！

樂清和幾乎不相信自己的眼睛，他的心要從口中跳了出來，這是一個女人，還是一位女神？

他精通文字學，但是他卻知道，世界上再也沒有一種文字可以形容方婉儀。

方婉儀那天，為了來看球賽，穿的是輕便的運動裝，苗條的身形展露無遺，她的臉容，簡直是清晨的露珠。樂清和在剎那間，什麼聲音都聽不到，直到他聽到封白在叫他，可能已經叫了十聲以上了，他才從幻夢中驚醒過來，卻看到方婉儀已大方地向他伸出手來。

樂清和深深地吸了一口氣，使自己鎮定下來，然後也大方地和方婉儀握著手。當他的手，有禮貌地輕握住方婉儀的手時，他真的真心誠意，願意就在那一刻死掉，讓這一刻成為永恒！

封白在作介紹：「方婉儀，音樂學院的高材生。」

樂清和自我介紹：「樂清和，不敢妄自菲薄說是在文學院濫竽充數！」

封白和方婉儀都笑了起來，他們都笑得很歡暢，相處也沒有什麼隔膜，大學生就是大學生，大家的身分是一樣的，窮和富在學校生活中，並不那麼特別。

當封白和樂清和換好了衣服之後，和方婉儀以及另外幾個同學，到了附近的咖啡室中。

永遠記得初戀之夜

封白和方婉儀對那次咖啡室之行，印象都十分深。因為六七個人進去之後，大家搶著坐下，只有樂清和並不坐下。

封白訝道：「喂，怎麼不坐？」

樂清和淡然笑著：「對不起，我的工作時間到了！」

在各人還未曾明白他這樣說是什麼意思之際，他已經走了進去，不到三分鐘，他換上了侍應生的制服出來，在各人身邊一站，問：「各位要點什麼？」

那真是感人又激動的場面，所有坐下的人，都站了起來，有的叫道：「樂清和，你在搞什麼鬼！」

封白「哈哈」笑著：「坐下來，和我們一起喝杯酒！」

樂清和帶著微笑，可是神態卻十分堅決：「不行，在工作的時候，我是不能坐下來的。這個工作，維持著我的生活！」

封白大聲道：「別擔心你的生活，我——」

他講到這裡時，方婉儀已經輕輕地拉了一下他的衣袖，封白也立時住了口，樂清和仍是微笑著：「請問各位要什麼？」

各人都坐了下來，叫了飲品，看著樂清和忙來忙去，二十分鐘之後，封白感嘆道：「子曰：『一簞食，一瓢飲，在陋巷，人不堪其憂，回也不改其樂！』到今天，我才真正欣賞到了中國知識分子的風範！」

封白的話，是提高了聲音來講的，整個咖啡室中的人都可以聽得到，法國人自然不知道他在講些什麼，方婉儀率先鼓起掌來，其他的同學跟著鼓掌。

樂清和提著咖啡壺走了過來，仍然帶著看來略有傲意的微笑：「封白，你太誇獎我了，我怎能和顏回相比？」

封白握拳，在樂清和的肩頭上，輕擊了一下，他們之間的友誼，就是這樣建立起來的。而且，樂清和和方婉儀見面的次數也多了。和第一次看到方婉儀的時候不同，樂清和再也沒有任何失態的表現。

可是，每次當他見過方婉儀，回到那破舊的閣樓之後，沒有人知道他的痛苦，他的心頭的那種絞痛，幾乎叫他不想再活下去，要在死亡之中求解脫，他狂灌著劣等酒，使自己醉得人事不省，可是第二天，只有更痛苦。

他已經知道了方婉儀的出身來歷，也知道了她和封白之間的關係。他，樂清和，一個靠獎學金來交學費，一個靠做雜工來維持生活的窮學生，實在是一點機會也沒有的！他千萬次告訴自己：只要不是白癡，就趕快放棄愛方婉儀的念頭，想也不要想！

可是來無影去無蹤的愛情，既然來了，怎能趕得走？他心中的痛苦，深深地隱藏著，一點也沒有顯露過，根本沒有人知道他的心中，對高不可攀的方婉儀有著這樣瘋狂熱切的愛。連方婉儀這樣敏感的女性，也沒有絲毫覺察，只是把樂清和當作值得尊敬的好朋友。

痛苦深深地埋藏在心底，完全沒有人可以訴說，只有當肯定四周圍沒有人時，才能發出一下絕望的嘆息聲。這樣的痛苦，也只有性格堅韌過人的樂清和，才能忍受下來，而且在人前裝成若無其事。

封白和方婉儀之間的感情，卻越來越濃，終於到了有一天，在方婉儀的洋房中，大家都喝了一點酒，其他人都告辭離去之後，在樓梯口上，封白和方婉儀握手，準備道別，封白輕輕地去吻方婉儀的臉頰，方婉儀的雙頰，紅得像會滲出血來一樣，而且熱得幾乎灼痛了封白的嘴唇。封白整個人都癡了，他知道方婉儀美麗，也極度欣賞她的美麗，可是從來也想不到，她會美到這一程度！

方婉儀整個人也癡了，她發出了一下低呼聲，整個人像是飄在雲端一樣，再也沒有半分氣力，就倒向封白的懷中。封白扶住了她，一步一步走上樓梯，一直來到她臥室的門口，推開了房門。

即使來過這幢洋房不知多少次，封白也沒有見過方婉儀的臥室。那麼清幽，那麼色彩浪漫，更使得這對本來已經有點不克自制的青年男女，更增了幾分情懷。把方婉儀扶到了床邊，兩個一起倒在床上，深深地吻著，兩個人都像是有烈火在身邊燒著，可是又不覺得灼熱，只覺得酥暖。

封白站起來要走，方婉儀柔軟的手臂將他勾住，呢喃著：「再給我一點酒！」

封白拿起酒瓶來，自己喝了一口，對著方婉儀的唇，哺了一半在她的口中。方婉儀的聲音使任何人聽了都會沉醉：「我的心，跳得好厲害！」

她一面說，一面拉著封白的手，按到了她豐滿柔潤得叫人什麼都會忘記的胸脯上。

那是方婉儀永遠都會記得的一個晚上。

如果說一個人的一生之中有歡樂的話，方婉儀和封白，在那一晚上所經歷的歡樂，是他們一生中之最。

同樣的歡樂，或許在其他青年男女身上，也曾發生過，但是卻比不上他們。因為他們在盡情享受著歡樂之際，完全不必為任何其他事擔憂，可以把全副心神，讓全身每一個細胞，都浸在歡樂之中！

他們真是沒有什麼可以擔憂的，一切最美好的生活，在等著他們享受。

所以，當陽光射進臥室，方婉儀睜開眼來，趕緊把頭藏進封白的懷中之際，封白由衷地道：「我是全世界最幸福的人！」

方婉儀的聲音聽來有點含糊，因為她的臉在封白的懷中：「我才是……」

封白下了結論：「我們兩人是全世界最幸福的人！」

封白的結論，是沒有人能夠反對的，就算有人要反對，也提不出反對的理由來，一點也沒有，半點也沒有！

他們是最幸福的一對

幸福一直在持續著，封白和方婉儀自願性的結合，進步到了身體的結合之後，兩個人之間的情意，濃得人人見了都羨慕。在他們兩人的身上，散發出來的那種濃情蜜意，使每個人都可以感覺得到。他們的一下互望，指尖的輕碰，都毫無保留地表示出他們的愛。

而當他們單獨相處的時候，當他們毫無保留地面對著對方之際，他們互相之間的欣賞，也已到了世界上除了對方之外，再也沒有第二個人的地步。

精神上的幸福，肉體上的快慰交織在一起，方婉儀和封白，的確是世界上最幸福的人，幸福變成了一種異樣的光輝，令得他們兩人看來容光煥發，封白連走一步路都像是在跳動，他的笑聲更洪亮，更充滿了豪意，方婉儀看來更成熟，更美麗，更動人。

大學生活是多姿多采的，每一分每一秒都在歡樂之中度過。在他們周圍的人，看來也都分享著他們的快樂。

那一年暑假，封白首先提出來：「南部有一個大型滑翔機俱樂部，我們選今年暑假去參加，但要接受簡單的訓練，我可以在天空翱翔了！」

立即有好幾個人同聲叫好，樂清和也在叫好的人之中，方婉儀微笑著，封白立時向她望了過去，揚了揚眉，代替了詢問。

方婉儀並沒有立即回答，在當晚，聚會散了之後，她和封白一起躺在噴泉旁的草地上。偶然一陣風來，會有一些細小的水花，散在他們的身上，方婉儀把頭枕在封白的胸上，封白用手背，輕輕撫摸著方婉儀的臉龐時，方婉儀才道：「白，滑翔機只能載一個人上天空的！」

封白「啊」地一聲：「是啊，我怎麼沒想到這一點，不要緊，我們去訂造一隻可以容納兩個人的滑翔機！」

方婉儀笑了起來，她笑得那麼甜。她的笑容，換來了封白無數的親吻。

暑假第二天，一共是七個人，包括了封白、方婉儀、樂清和，以及其他四個同學，驅車南下。而范叔也跟了去。

范叔一聽說方婉儀要飛上天，而且又是沒有機器，只是憑風力滑行的滑翔機，他不禁大吃一驚：「小姐，這……不是等於……放一隻大風箏上天，人……就附在風箏上面？」

方婉儀對范叔的吃驚，感到很好笑：「是啊，范叔，一點機械聲音都沒有——上了天空之後，只有風聲，人就浸在天籟之中，和天籟混為一體了……」

范叔不是很聽得懂方婉儀的這番話，他總以為那是不可靠的，所以一直在勸：「小姐，你看人玩就算了，何必自己也參加？」

方婉儀搖頭：「范叔，你要我看封白玩？看著他上天？」

范叔覺得「上天」兩個字十分礙耳，但是他又明知道小姐和封少爺，絕不肯一個在天上，一個在地下的，所以他只好嘆了一口氣，不再出聲，而總是皺著眉，一副憂心忡忡的樣子。

到了目的地之後，大型滑翔機運動的多變和刺激性，立即吸引了那幫年輕人。

他們先接受了一個星期左右的基本訓練，然後，就開始實際的運動。

所有的大型滑翔機，全是單人的，但方婉儀特別訂造的雙人型滑翔機已經運到，所以，方婉儀第一次升空時，是和封白並肩一起坐在駕駛艙中的。

一切準備就緒，可以升空了，拖滑翔機上空的小型飛機的螺旋槳已經發動。滑翔機升空前，最後的機身檢查工作，照例要由駕駛員的一位助手擔任。封白選了樂清和擔任這項工作，因為樂清和是他最好的朋友。

由於這是他們的第一次升空，所以當樂清和檢查完畢之後，教練走了過來，作最後的指點。

教練道：「兩位，這是你們第一次升空。一般來說，第一次駕駛滑翔機升空的人，都希望到達相當高的高度，但對於生手來說，這是相當危險的事，所以，希望你們不要超過一千公尺。」

封白笑著答應，教練又看看遠處的山影，道：「法國南部是最適宜滑翔機飛行的地方，在那些山嶺附近，有著最適宜滑翔機飛行的背風氣流。你們都學習過，在背風氣流的影響之下，滑翔機可以上升到超過一萬公尺。我不要你們在未曾有熟練的駕駛經驗之前，去碰及背風氣流。」

封白抗議道：「那太無趣了！」

教練搖頭，神情堅決：「在你有了飛行經驗之後，我會鼓勵你去創造世界紀錄！」

封白做了無可奈何的神情，教練和樂清和一起後退，封白按下了艙蓋，負責拉起滑翔機的小型飛機開始在跑道上滑行，迅即起飛，滑翔機也立時被拉了起來。

隨著牽引飛機，滑翔機升空，高度計上顯示出了到五百公尺時，封白按下了鬆開牽引繩的鍵，滑翔機和牽引飛機脫離了關係。

封白負責操縱，一和牽引機脫離之後，他就令滑翔機轉了三個大圈，在轉圈之中，盤旋上升，恰當的熱氣流，令得上升的過程十分順利，一下子就到了一千公尺。

完全沒有聲音，他們兩個人幾乎能聽到互相的心跳聲，滑翔機平穩地向前飛行著，封白又將高度升高了一點。向下看去，下面一切，全都像是圖畫中的景象一樣。

方婉儀盡量靠向封白，低聲道：「看，機翼就像是鳥翼一樣，我想到我們是騎在一隻頗大的神鳥上面，在天空飛行！」

封白道：「是啊，有些小說之中，神秘伴侶，就常作這樣的飛行！」

方婉儀的聲音更低：「我們就是！」

封白望向她，她也轉過頭來，他們又深深地吻著，那樣平穩地在空中飛行，又和自己最心愛的人在一起，四周圍又那麼靜，什麼是神仙，這就是神仙了吧！

他們的嘴唇分開之際，兩人都不約而同深深地吸了一口氣，又緩緩呼了出來，在這個深呼吸的動作之中，表示了他們心境上的無限滿足。

兩小時後，他們著陸，封白有著運動方面的天生才能，他著陸的動作，乾淨俐落，教練和其他同學，一起向他們奔了過來，樂清和奔在最前面。

艙蓋打開，封白扶著方婉儀出來之際，一片鼓掌聲和歡呼聲，教練大聲道：「成功的第一次飛行，就是成功的將來！」

封白也興奮之極，連聲道：「太美妙了！太美妙了！沒有一種境地，比在空中更美妙！」

他和方婉儀都迷上了這種飛行，每次飛行，總是在一起。一次比一次飛得高，一次比一次飛得遠。

每當他們倆升空之際，地面上總是有兩個人，一直抬頭盯著他們的滑翔機，連滑翔機在天際，只剩下了一個小黑點，甚至在他們的視線中消失，他們還是一直抬頭看著天空。

那兩個人，一個是范叔，他始終不放心小姐在一隻「大風箏」上。另一個是樂清和，沒有人知道他抬頭望向天空之際，心中在想些什麼？

樂清和的飛行成績，十分優秀，他對滑翔機的興趣也極高，幾乎每天都有新的成績創出來。

暑期結束，當他們興高采烈地離開滑翔機基地，回到巴黎去之前，方婉儀和封白兩人，對樂清和又不禁刮目相看。樂清和堅持要自己付清一切費用——這筆數字，對一個窮學生來說，簡直是超負擔的。而其他幾個同學，都接受了封白的好意，只是連聲道謝而已。

封白開始時有點氣惱：「清和，我們是朋友不是？為什麼你這樣固執？」

樂清和微笑著：「正因為我們是朋友，所以我才堅持，只有這樣，我們才是朋友！」

方婉儀搖頭：「既然是朋友，難道就不能接受朋友小小的禮物？」

樂清和爽朗地笑了起來：「那不是小小的禮物了，我知道，我付了這筆費用之後，至少要有三個月，除了麵包和清水之外，我沒有錢買牛油，但是我還是要自己付，不然，我們就不是朋友。」

他的一切要靠自己努力

當他們爭論的時候，范叔也在旁邊，樂清和的態度，令得范叔極其感動，豎起了大拇指，道：「好，我會替你煮各種各樣的湯，只要你肯來喝！」

樂清和笑道：「我一定來！」

范叔還想找幾句話來誇獎樂清和，他又道：「像你這樣的年輕人，方老爺和封老爺最喜歡了，等你念完書，叫兩位老爺多多提拔你！」

范叔還不知道自己的話是多麼不得體，封白和方婉儀在一旁大吃了一驚，怕樂清和生氣。

可是樂清和一點也沒對范叔動氣，只是笑著：「范叔，等我念完了大學之後，只怕兩位老爺，還真沒有法子提拔我！」

范叔不明白，眨著眼，還想說什麼，封白連忙把他推開去。

方婉儀歉然：「對不起，清和，范叔不會說話！」

樂清和哈哈大笑：「你以為我會為這個生氣麼？」

封白也笑了起來，拍著樂清和的肩：「你是我們最好的朋友。清和，人其實都是需要朋友幫助的！」

樂清和道：「是啊，所以你們有任何需要我幫助之處，我一定盡力效勞！」

封白笑著：「真沒有法子說得過你！」

二個人的友誼又進了一層，在回到學校之後，日子並沒有什麼不同，樂清和甘之如飴地啃著白麵包，直到他的一篇相當長的研究文章：「殷墟甲骨文同義字統計」得到發表，德國一家漢學研究所又特地派人來，請他編一本「甲骨文字典」，他的經濟情形才好轉，那也令得他的兩個好朋友封白和方婉儀鬆了一口氣。

在快樂幸福中，日子過得特別快。由於曾經有過駕駛滑翔機的快樂經歷，早在暑假還未曾來臨前的一個月，他們就已經計劃起來了。

同時，由封白發起，通知那個滑翔機俱樂部，組織了一個歐洲各大學之間的滑翔機飛行比賽。所以，暑假又開始之後的第二天，他們就出發了。

這已經是他們大學課程中最後一個暑假。在這一年之中，他們在法國過著平靜的生活，但是在中國，卻發生了極大的變化。

封家和方家，由於時局的變化，全都離開了中國，他們曾到過法國來探視他們的子女，然後又回到東方去定居，兩人合作的事業，發展之迅速，連他們自己也感到意外。尤其是朝鮮半島上的戰爭爆發之後，財源滾滾而來，他們都已經是亞洲數一數二的豪富了。

不過，金錢財產，到了一定數目之後，已經沒有多大意義，反正再也用不完就是了。封秋葉和方風揚對樂清和也讚賞備至，可惜正如樂清和自己所說，他所學的東西，任何人都無法「提拔」他，要靠他自己的努力。

他們到了滑翔機基地，巴黎大學的代表，是樂清和，封白和另外一個法國同學，其他各大學的代表也紛紛來到，議定每家大學，派兩個代表各駕一架滑翔機出賽，巴黎大學的代表是樂清和與那個法國同學。

封白並不是不夠資格代表出賽，而是比賽的滑翔機，全是一個人駕駛的，方婉儀只說了一句：「等你飛上了天，我抬頭望著天空，只怕連脖子都會折斷！」

就為了這一句話，封白在方婉儀的臉頰上親了一下，就把代表權讓給了那位法國同學。他不捨得方婉儀為他擔心，不捨得自己在天空上，而方婉儀在地上。

到了比賽那一天，來了許多參觀者、記者，熱鬧非凡，各大學的啦啦隊，包了旅遊用的大卡車，來替自己的大學吶喊助威。

那天的天氣極好，天際有著透鏡式的雲層，證明背風氣流強勁，如果駕駛技術高超的話，足以把滑翔機帶上一萬公尺的高空！

飛行比賽的變化

每間大學有兩位代表，所以比賽分兩個回合進行，第一個回合上午進行，八家大學的代表駕滑翔機在空中翱翔，降落，成績以盧森堡大學最好，巴黎大學和洛桑大學成績極接近，在第二、第三之間，均是和首名相去也不遠。

所以，當那位法國同學降落之後，立時對參加第二個回合，要在下午起飛的樂清和說：「加一把勁，第一次的高度記錄，不過是八千公尺！」

樂清和滿懷信心：「我一定要飛越一萬公尺的高度！」

當時，他正在詳細地閱讀當地氣象資料，封白和方婉儀，以及那位法國同學也在參加意見。

樂清和指著氣流圖：「看，有一股背風氣流的強度是八點七級，只要進入這股背風氣流，就絕對可以上升超過一萬公尺！」

那法國同學道：「是的，不過這股背風氣流，在山的那一邊！」

他一面說著，一面指向遠處的山嶺。

樂清和道：「那就飛過去，要有好的成績，非要把這股背風氣流找到不可！」

法國同學吐了吐舌：「就算找到了，清和，你有勇氣飛得那麼高？」

樂清和笑著：「我看不出八千公尺和一萬公尺有什麼不同，不同的只是心理上的因素而已！」

法國同學和封白一起拍著樂清和的肩：「祝你成功！」

他們又研究了一會，就開始吃中飯，中飯就在草地上野餐，風和日麗，薰風襲來，吹亂了方婉儀的長髮，封白幫著她一綹一綹掠向後，但是不一會，又給風吹亂了。方婉儀心中甜蜜無比。

下午的比賽，定在二時正開始，一時過後，各參賽選手，就已經開始準備了，樂清和詳細地檢查了滑翔機的一切設備。

他們的滑翔機，採用了法國國旗的三種顏色：紅、白、藍。機身是紅的，翼是白的，尾端是藍色，在陽光下看來，極其奪目。

一時三十分，評判團開始召集參賽的選手，宣佈一下比賽要遵守的規則，評判團的幾個評判，在草地中心，各選手向著他們走過去。

樂清和向封白和方婉儀揮了揮手，一手托著飛行時要戴的安全帽，看來神態瀟灑，向前走去。可是他才走出了兩三步，便突然停止，接著，便彎下腰來。

這時，封白和方婉儀離他還很近，樂清和彎下了腰來之際，兩人還以為他是鞋帶鬆了，要俯身去綁一綁，所以並沒有在意。而且他們兩人之間，情意越來越濃，幾乎互相一秒鐘都不肯把視線自對方的身上移開，他們只看到樂清和突然彎下了腰，停在原地不動。

過了一會，他們抬起頭來，還看到樂清和彎著腰一動不動，封白首先一怔，叫：「清和！」

樂清和的身子略震動了一下，方婉儀這時，看到低著頭的樂清和，正在流汗，汗珠正大滴大滴落下來，落在草地上。

方婉儀也吃了一驚。旁人在這樣的情形下，一定會問：「清和，你怎麼啦？」但是封白佔據了方婉儀整個心，方婉儀的心目中，也只有封白一個人，所以她看到樂清和的情形有點不對，她急急道：「封白，清和怎麼啦？」

封白已經大踏步向樂清和走了過去，扶住了樂清和，樂清和勉力抬起頭，直起身子來，一手按住胸腹之間，神情十分痛苦，滿面全是汗珠，望著封白的雙眼，連眼神都有點渙散，喘著氣，掙扎著道：「我……突然……不舒服，這裡好痛！」

封白看到樂清和的神情，知道他胸腹之間的疼痛，一定極其劇烈。不然，不會那麼痛苦，一時之間，他倒也手足無措起來。

方婉儀來到近前，看見這種情形，也著急起來。還是那個法國同學，立即奔跑著，去把賽會準備著的醫生，拉了過來。

樂清和在封白的扶持下，在草地上躺了下來，封白脫下外套，疊起來枕在樂清和的頭下，樂清和不斷在喘著氣，在他的身邊圍了不少人，連評判都走了過來。

醫生檢查了幾分鐘，就宣佈：「快送醫院！」

樂清和大叫起來：「胡說，我躺一會就好，我還要出賽！」

醫生搖著頭：「你到不到醫院去，我倒並不堅持，可是我絕對禁止你上滑翔機去！」

樂清和一面喘著氣，一面掙扎著要起身，裝出若無其事的樣子來：「稍微一點肚子痛，有什麼關係！」

他掙扎著站了起來，可是一個站不穩，又摔倒在草地上，封白連忙去扶他，卻被樂清和用力推了開去，又要掙扎著站起來。

封白又是難過，又是氣惱，冷冷地道：「你這樣子，不算是勇敢！」

醫生說道：「看你，還好你早發作了半小時，要是在空中，你突然這樣子，你可知道有多危險？」

樂清和聲音嘶啞，叫道：「我可以支持得住，我一定要參加比賽！我不去，誰去？」

樂清和說著，又掙扎著，搖搖晃晃站了起來，咬牙切齒，神情極其痛苦，但是也極其堅決。他的這種行動，使得旁觀的人，都十分激動，有幾個人，大力鼓起掌來。可是樂清和還沒有站穩，又已栽倒在地。

他的臉貼在草地上，喘著氣，還在拚命要站起來，一面啞著聲音，不住叫著：「我要出賽，我會爭到冠軍，我不去……我們就失敗了……我一定要去……」

這時候，自然而然，在四周圍有一些人的目光，轉移到了封白的身上。

封白立時感到了這些眼光，含有責備的意思在內。在同時，樂清和雖然站了起來，但是仍在地上掙扎著，要伸手去拿飛行帽。

封白深深地吸了一口氣，一俯身，伸手將飛行帽拿在手中，道：「你不能飛行，我去，我也是選手，一樣可以代表學校，爭取冠軍！」

封白的話一出口，四周圍立時響起了一陣熱烈的掌聲來。樂清和搖著頭，道：「不，封白……我們……棄權好了！婉儀不喜歡你一個人飛行！」

封白的神情猶疑了一下，向方婉儀望了過去，方婉儀現出勉強的笑容來。她心中，的確不願意封白去參賽，但是在這樣的情形之下，叫她出口挽留封白，就此棄權，而不讓封白去作兩小時的滑翔飛行，那種話也無論如何說不出口，所以她只好勉強地微笑著。

封白一看到了她的笑容，就知道了她的心意，他不禁有點後悔剛才一時衝動，但剛才既然已說了代替樂清和去出賽，這時再來後悔，以封白好勝的性格而論，也無法做得到。

所以，他只好向方婉儀抱歉地一笑，做了一個手勢，表示就是這一次飛行，請她原諒。

樂清和還在道：「封白，我們棄權！」

一個評判問道：「究竟你們怎麼樣？」

封白大聲道：「我替樂清和出賽！」

封白代替樂清和出賽

封白這樣肯定的答覆，算是定論了，評判走了開去，不一會，擴音器中就宣佈巴黎大學代表隊，臨時更換出賽代表的聲明。

醫生替樂清和注射了一針，幾個人把樂清和抬到了一個帳幕下，讓樂清和休息。

躺在帳幕下的樂清和向前看去，比賽快開始了，封白已經進了滑翔機，方婉儀一直在他的身邊，等封白進了機艙之後，她就在滑翔機旁，看來她擔任著主要助手的工作。

樂清和也看到，封白在戴上飛行帽之前，還和攀在機身上的方婉儀親了一下。

樂清和一直在看著，連范叔來到了他身邊，他都沒有覺察，范叔先開口：「樂少爺，封少爺快起飛了！」

樂清和向范叔看去，看到范叔一副擔憂的神情，他突然問：「范叔，如果是我在滑翔機裡，你是不是會這樣擔心？」

范叔一怔，立時臉紅了起來，不知道如何回答才好。他雖然沒有說什麼，可是他的神態，卻再明白也沒有！如果是樂清和去參加比賽，他絕不會那樣關心。

樂清和嘆了一聲：「封白真是好運氣，每一個人都對他那麼好，他像是擁有世界上的一切幸福和快樂！別人想要一點都難得的，他多得承受不了！」

范叔剛才給樂清和的話，弄得很尷尬，這時他只好沒話找話說，道：「樂少爺，你也很了不得啊，我聽封少爺和小姐說，你大學還沒畢業，已經是很有名的人物了，有好幾家大學，爭著要請你去教書！」

樂清和沒有再說什麼，這時，尖銳的哨子聲傳來，牽引機的螺旋槳紛紛發動，發出了震耳的聲響，圍在各滑翔機旁邊的人，紛紛散開，只有方婉儀，在封白的滑翔機艙蓋合上之後，她還站在原地不動。

樂清和忙叫道：「范叔，快去叫小姐後退，前面的飛機一發動，會有一股氣流，把她弄傷的！」

范叔答應著，向前奔了過去，方婉儀和范叔才一起向後退開了幾步。

牽引機已經開始起飛了，那麼多滑翔機，幾乎在同一時間升空，真是壯觀之極，地面上的啦啦隊的呼叫聲，更是吵翻了天，整個氣氛充滿了青春的激情，令得范叔也不由自主，舉手高叫了幾下。

樂清和看著方婉儀，方婉儀抬頭向上看著，塗著紅、藍、白三色的滑翔機，在天空中看來，特別顯眼，陽光照在鮮紅色的機身之上，光彩奪目。

牽引機帶著滑翔機上升，十分平穩，到了一定的高度之後，牽引的繩索解脫，所有參賽的滑翔機，都先在上空，作了一個盤旋。這是賽會規定的動作，然後，才各自憑飛行的經驗，去尋找適合滑翔機上升的氣流，作高度上的突破。

等到那個盤旋之後，參賽的滑翔機，已在天空中散了開來，越飛越高，越飛越遠。封白的滑翔機雖然鮮艷奪目，但是也漸漸變成了一個小黑點，看不見了。樂清和看到范叔遞了一隻望遠鏡給方婉儀，方婉儀把望遠鏡湊在眼上。

樂清和知道，即使用望遠鏡也沒有用，封白為了要利用那股強勁的背風氣流，他是直向著山那邊飛過去的，山峰間白雲繚繞，滑翔機會被雲遮住，看不見的。

果然，他看到方婉儀垂下了手，不再看望遠鏡，但還是抬頭看著天空。

樂清和掙扎著，站了起來，慢慢來到了方婉儀的身邊，道：「婉儀，我好多了！」

方婉儀仍然望著天空，只是道：「真怪，封白不會離我太遠，可是在感覺上，卻好像很遠一樣！」

樂清和道：「或許，是由於他在天空上的原故。」

方婉儀嘆了一聲：「這或者就是所謂『天人阻隔』吧？」

樂清和有點啼笑皆非：「婉儀，求求你別亂用成語好不好？」

方婉儀笑了一下，笑容看來有點落寞，但還是笑得令人心醉，她道：「我當然知道這句成語的意思，可是現在，我確然有這樣的感覺！」

樂清和連連道：「胡說八道！胡說八道！」

范叔在一旁，覺得很奇怪，因為他從來也沒有見過樂清和說方婉儀的不是過。而剛才他們兩人的交談他又聽不懂，所以只好生悶氣。

樂清和轉過頭來，道：「范叔，搬一張椅子來給小姐坐！」

范叔連忙答應著，急步走了出去，心想還是樂清和細心，小姐站了那麼久，自己就沒有想到要去搬一張椅子來。當他把一張帆布摺椅搬過來之際，聽得樂清和在說：「我都叫封白棄權算了，他偏不肯！」

方婉儀道：「不……要緊，飛行的時間不過是兩小時，已經過了多久了？」

樂清和道：「十七分鐘了！」

方婉儀幽幽地嘆了一聲：「時間過得好慢！」

范叔放好摺椅：「小姐，請坐！」

封白的滑翔機不知所蹤

方婉儀坐了下來，可是即使是她在坐下來的動作之中，她還是抬頭望著天空的。

范叔又道：「樂少爺，你剛才那麼不舒服，是不是也要搬一張椅子來給你？」

樂清和回答：「不用，我已經好多了！」

范叔搖頭：「剛才你的樣子好駭人！」

樂清和沒有再說什麼，在草地上坐了下來，就坐在椅子旁，那個法國同學也走了過來，興高采烈地道：「封白去找那股背風氣流了，他一定可以為我們爭取到冠軍！」

方婉儀低聲講了一句話，這句話，就只有在她身邊的樂清和才聽得到。她說：「我寧願他現在就降落，再也不要什麼冠軍！」

樂清和心中暗嘆了一聲，那法國同學不斷地說著話，樂清和也沒有聽進去。方婉儀幾乎每隔一分鐘，就向樂清和問一次時間。

樂清和勉強笑著，道：「婉儀，你現在的心情，使我想起了一首古詩。」

方婉儀心不在焉地「嗯」了一聲，樂清和吟道：「江陵到揚州，三千三百三，已行三十里，所在三千三！」

方婉儀又是「嗯」地一聲，樂清和嘆了一聲：「詩人寫一個人回鄉，三千三百三十里路程，第一天他走了三十里，已經覺得離家鄉近了，心裡就高興。」

方婉儀道：「是啊，時間過去一分鐘，我就高興一分。」

樂清和苦笑：「就算這樣，你也不必一直抬頭向著天空的！」

方婉儀卻十分鄭重地回答：「要是我一低頭時，他在天空出現了，就算你立刻告訴我，我也少看到他一秒鐘。你要知道，少了一秒，就是少了一秒，這一秒鐘，是無論用什麼力量，都找不回來的了！」

方婉儀講得那麼誠摯，令得樂清和再也沒有話好講，連在一旁的那法國同學聽了，也感動得保持了半晌沉默，才用極低的聲音向樂清和道：「我可不敢和中國女孩子談戀愛了，她們愛得這樣深！」

樂清和苦笑了一下，當然不是每一個中國女孩子都是那樣子的，但是方婉儀和封白愛得深，這是絕對無可置疑的事。

時間慢慢過去，一小時，一小時半，一小時四十分，一小時五十五分，方婉儀變換了幾下坐的姿勢，可是始終望向天空，在她身邊的樂清和，望著她細柔潤白、線條優美之極的頸子，真想伸手去搓揉一下，那樣長時間地抬著頭，一定已瘦得很了？

草地上，原來坐著的人，都開始站了起來，啦啦隊的歡呼聲，又傳了出來，第一架回來的滑翔機已經出現了，盤旋降低，姿態優美，靈活得像是一頭大鳥一樣，準備地降落在指定的地點。

歡呼聲一陣接一陣傳來，參賽的滑翔機，一架接一架降落，時間已經是下午四時十五分了。

方婉儀的雙手緊緊地握著拳，手指節已經有點發白，她的雙眼，由於長時間注視著天空，而令得視線有點模糊。可是她卻不肯閉上眼睛，讓眼睛休息一會，因為封白已經回來得遲了，隨時可能在天空出現，她不能錯過這個機會，她甚至連眨眼睛，也盡量地快。

從四點零五分開始，樂清和已不斷地在道：「封白想得冠軍，他可能飛得遠點，飛得高點，所以，所費的時間也要多些！」

方婉儀並沒有回答，只是直勾勾地望著天空。

到了四點半，所有參賽的滑翔機，全都回來了，只有封白的還沒有蹤影。所有在空地上的人，都覺得事情有點不對勁了，一個好的滑翔機駕駛員，絕沒有理由遲了半小時回來的。所以，所有的人，都不約而同，靜了下來。

方婉儀的身子有點發抖，仍然抬頭望著天空。范叔陡然大聲道：「樂少爺，封少爺怎麼還不回來！」

樂清和吞了一口口水，奔向賽會的主辦人，大聲道：「趕快派飛機去找！」

三架牽引機在五分鐘之後起飛，用牽引機去找滑翔機，本來不是十分理想的。小型螺旋槳飛機，不能到達滑翔機的高度，但是在如今這樣的情形之下，只有先派出去找尋一下再說。

草地上人人交頭接耳，維也納大學的一個代表道：「山那邊的背風氣流有兩股，我揀了一股比較弱的，已經輕而易舉，上升到了八千公尺，要是封白揀了那股比較強烈的，他可以升得更高。」

樂清和又大聲道：「找那股較強背風氣流的流動方向，封白可能擺脫不了氣流的影響，被氣流帶走了！」

范叔在一旁顫聲問：「那……會帶到什麼地方去？」

樂清和答：「你放心，帶出幾百里，最多，他會在氣流較弱的時候，找地方降落的！」

樂清和又奔回方婉儀的身邊，這時，已經是下午五點鐘了。

方婉儀的身子在劇烈發著抖，仍然抬頭向著天空，樂清和叫了起來：「求求你，換一個姿態好不好？」

方婉儀像是根本沒有聽見一樣，只是顫抖！

一直沒有回來

氣流圖很快找來，那股強勁的背風氣流，流向是向東北偏北，向著阿爾卑斯山的方向流去的，而且，根據氣象圖，一直沒有減弱的現象，非但如此，還和阿爾卑斯山南麓的另一股氣流相結合，形成了一股氣旋波，那是由於來自阿爾卑斯山的是冷氣團，背風氣流的溫度高，冷、熱氣團相遇而形成的。那股氣旋波相當不穩定，滑翔機在飛行中遇到了，自然相當危險。

這一來，事態就比較嚴重了，賽會方面急急和警方聯絡，再和軍方聯絡，由軍方派出飛機，循那個方向去搜索。所有的人都聚集在空地上等著，大多數人都站著。

站著的人投在草地上的影子，越來越長，到了六時半左右，一輪血紅的夕陽，已經沉下去了一大半，晚霞有一大片，已經成了深紫色，所有人仍然沒有離去，在等著消息。

消息通過無線電通訊設備，不時傳來，沒有發現，沒有發現……氣旋十分強烈，估計氣旋影響的範圍，可以高達兩萬公尺以上，中心直徑有兩千公尺……沒有發現……沒有發現。

樂清和喃喃地道：「希望他越飛越高，那……至少不會撞山。」

范叔陡然問道：「撞了山會怎樣？」

樂清和大聲道：「就算撞了山也沒有什麼，大不了，組織爬山隊去搜索，一定可以發現他的。」

范叔吞了一口口水，有一句話，他硬生生地嚥了下去，沒有說出口來：「要是發現封少爺的時候，他已經死了呢？」

范叔感到一陣鼻酸，但是在呆坐著不動，仍然一直抬頭望著天際的方婉儀面前，他是無論如何不敢哭出來的。

天黑了！當夜已變得很深之際，草地上聚集著的人開始離去，他們都默默地離去，有幾個人在離去之際，想到方婉儀的身前，來安慰她幾句，但是都給樂清和揮手趕了開去。

樂清和知道在這時候，方婉儀是絕不適宜接受任何慰問的。他叫范叔，就在方婉儀的身後，搭了一個營帳，使得坐著的方婉儀能有遮蓋，但是卻又不妨礙她抬頭望向天空的視線。

到了凌晨時分，草地上聚集的人士大多數已經散去，只有和搜尋工作有關的人還在。空軍飛機的報告，仍然不斷傳來，都是同樣的語句：沒有結果……沒有發現……

范叔在方婉儀的身邊團團亂轉，不斷喃喃自語：「封少爺會回來的，他很快就會回來的！」

可是，封白和他的滑翔機，卻一直沒有回來。

說「一直沒有回來」，開始，是指方婉儀在那草地上，足足等了一個月之後，才肯離開的事。

在那一個月之中，搜索行動的規模之大，簡直令人咋舌。官方的搜索組之外，還有鉅額的私人賞格，徵求了全歐洲對阿爾卑斯山有經驗的爬山人士，職業的或業餘的，只要肯來參加搜索行動，一律供應費用。

封秋葉和方風揚在得到了樂清和的通知之後，兼程趕來。當他們來到的時候，看到方婉儀仍然坐在帆布椅上，容顏憔悴得令人心碎，木然地抬頭望著天空。樂清和把事情發生的經過，向封秋葉和方風揚兩人，講了一遍。又道：「根據所有的分析，可能封白的滑翔機，被強烈氣流帶到了阿爾卑斯山內，需要大規模的搜索，才能發現他。」

封秋葉忍受著極度的悲痛，沉著聲，一字一頓地道：「那就展開大規模的搜索，不論要花多少錢，封家的全部財產，都可以花在搜索行動上！」

方風揚在一旁加了一句：「再加上方家的全部財產！」

事後，法國一個十分有名的記者在報紙上，作如此的報導：「亞洲大富翁為了他兒子駕駛滑翔機失蹤一事，所展開的搜索行動，可以說是人類有史以來，最龐大的搜索行動！」

這樣的說法，或者多少有點誇張，但誇張的程度，也絕不會太多。就在滑翔機俱樂部的所在地，大幅的阿爾卑斯山區的地圖，鋪在桌上，已經經過搜索的地區，都塗上顏色，以免重複——雖然後來，還是重複了又重複。

估計官方派出的搜索人員不算之外，由私人出資而來，以及有的不要酬勞的熱心腸人士志願來參加的搜索人員，接近八千人。

到後來，搜索的範圍擴大，離開了阿爾卑斯山區，擴展到了南面，一直到沿海——人人都知道根據當時氣流的流向，滑翔機是沒有可能向南飛行的，但是在實在沒有希望的情形下，只好也去找一找。

了無蹤影

一個月之後，搜索行動並沒有結束，可是方婉儀卻實在無法再支持下去了，如果她再在那草地上，醫生說她絕活不過四十八小時。

在這一個月之中，樂清和也從一個壯碩的運動健將，變得又瘦又乾又黑，看來比印度貧民還不如，當醫生下了這樣的斷語，而方婉儀還是用微弱的聲音，拒絕離開之際，樂清和來到了方婉儀的面前，雙手捧住了方婉儀的臉，令方婉儀望向自己。

方婉儀的臉頰上幾乎已沒有了肌肉，往日如飛霞，如鮮花一般的臉孔，像是乾枯了的花瓣一樣，樂清和的手掌貼了上去，就令他感到了一陣心酸，淚水不能控制地湧了出來。

那是事情發生之後，樂清和第一次流淚。

他用極其嘶啞的聲音，盡量可能大聲地道：「婉儀，你看看，看看清楚，封白不在了，世界上還有別的人，還有很多很多人！」

方婉儀緩緩轉動著呆滯的眼珠，視線移到了樂清和的臉上。

這時候，范叔、封秋葉、方風揚和醫護人員，也都在一旁，大家都屏住了氣息，心情又難過又緊張。

方婉儀看了樂清和很久，才用極其微弱的聲音道：「你……你……是誰？」

樂清和一面流淚，一面道：「我是樂清和，你和封白的好朋友！」

方婉儀像是大吃了一驚：「清和，……怎麼變成了這……樣子？」

樂清和苦澀地道：「婉儀，你也好不了多少，為了封白，我們都——」

樂清和話才講到這，站在一旁的醫生，剛想出言阻止樂清和再說下去，以免使虛弱已極的方婉儀受到刺激，根據醫生的意見，方婉儀是絕對不能再招受任何刺激的了。

但就在這時，方婉儀已經陡然震動了一下，道：「封白他為什麼不回來？為什麼不回來了？」

一句話沒有講完，她乾枯深陷的眼眶之中，淚水已像泉水一樣湧了出來。

這是事情發生之後，方婉儀第一次流淚。

樂清和緊緊地握著她的手，聲音發顫：「哭吧，婉儀，你早就應該哭，封白……不會回來了！」

樂清和的這句話，早就在每一個人的心中，盤旋了不知多少遍，可是把這句話講出口來的，樂清和是第一個。

樂清和這句聽來殘忍，但是人人心中都知道那是事實的一句話，令得周圍的人都起了震動，都怕方婉儀會忍受不了。

方婉儀果然忍受不住，發出了一下抽噎聲，就昏了過去。

樂清和後退了一步，把方婉儀交給了醫生和護士。他抹著淚，轉向封秋葉和方風揚：「兩位，婉儀心中的痛苦，讓之宣洩出來，對她反而有幫助！」

封秋葉和方風揚兩人，也不禁老淚縱橫。在一片愁雲慘霧之中，救護車把方婉儀送到了醫院，進行急救，樂清和也被封秋葉和方風揚兩人，強迫進了同一家醫院，因為這一個月來，樂清和也到了一個人可以支持的極限了。

一個星期之後，在醫院療養的方婉儀與樂清和的健康，都有了起色，搜索工作還在進行，參加的人更多，但是還沒有結果。

在樂清和的病房中，封秋葉和方風揚坐著，他們在討論封白的失蹤。

方風揚吸著煙斗，聲音沉鬱，道：「在這樣的大規模搜索之下，就算有了意外，毀壞了的滑翔機，也應該被發現了！」

封秋葉在晚年遭到了這樣的意外，心情的慘痛，真是難以形容。但是他是身經百戰的軍人，有著鐵漢的性格。內心再慘痛，也不願意在表面上顯露出來。

雖然在這一個月中，他花白的頭髮已經變成了全白，但是他說話的聲音，還是十分鎮定，他還固執地道：「所以，封白只是失蹤，不是死亡！」

樂清和嘆了一聲：「封白的性格很好動，又有十足的頑童性格，會不會他是故意躲了起來？」

樂清和的這一句話才出口，病房的門口，就傳來一個聽來虛弱，但是語意十分堅決的聲音：「不會，他就算想那樣做，也不會捨得讓我擔憂！」

說話的是臉色蒼白的方婉儀，她扶著門框，像一株初生的楊柳那樣，看來是那麼脆弱，那麼楚楚可憐，又那麼俏生生地站著。

樂清和忙向她走過去，扶著她的手臂，進了病房，使她坐在方風揚的身邊。

樂清和道：「對，封白不會讓婉儀痛苦，那是絕對可以肯定的事！」

方風揚沉聲道：「所以，理智地來推斷，可以肯定他的飛行遭到了意外！」

封秋葉神情木然，面肉抽搐著：「可是，為什麼搜索了一個月多，還沒有結果？」

方風揚堅決地道：「繼續搜索下去！」

有很多時候，事態的發展，和主觀願望，是截然不相符合的。

當方風揚在那樣說的時候，他以為，繼續搜索下去，封白生還的可能，自然是微乎其微了，但是滑翔機的殘骸、屍體，總可以發現的吧。

可是結果，搜索行動，持續了半年，足足半年，卻仍然什麼也找不到！

封白和他的滑翔機，就像是在空氣之中溶解了一樣，一點痕跡都沒有留下來！

半年之後，任何人都放棄了，賞格依然有效，但是前來攀山的人，目的都不是找尋封白和他的滑翔機，而是樂得接受資助。

方婉儀在她的健康逐漸復原之後，就在那個滑翔機俱樂部和阿爾卑斯山之間的一個幽靜的鄉間，買了一幢房子，那幢房子面對阿爾卑斯山，站在陽臺上，就可以看到白雪皚皚險峻的山峰。

方婉儀表現了她驚人的毅力，誰也想不到，美麗纖秀的她，固執起來，會那麼固執，她請了世界上著名的搜索專家、氣象專家、滑翔機專家，等等和找尋封白有關的專門人員，齊集在她的屋子中。

樂清和當然也在，自從事情發生之後，樂清和一直陪著方婉儀，沒有回大學去，他要求輟學，但學校方面堅決反對，加以挽留，准許他提前在大學之外寫博士論文。

這一次的聚會，各方面的專家，都發表了自己的意見，所有人研討的結論是：封白和他的滑翔機，就此消失無蹤，那是不可能的事！

然而，不可能的事，就是在他們的面前，令得他們無法解釋，所有的專家，甚至連為什麼會這樣的假設，都提不出來。

只有一個氣象專家說：「天空上的氣流，溫柔起來，像是多情的少女，但是狂暴的時候，卻像是吞下了火藥的恐龍，滑翔機可能在高空遇上了不可測的氣流，因而被撕成了碎片。」

樂清和問：「那麼，請問，碎片呢？」

氣象專家道：「碎片可以被氣流帶到任何地方去，散落在大海中，飄落在森林裡，碎片可能是無數片，微小得使人無法辨認出那是什麼東西來。」

這可能是唯一的假設了，但是卻不容易為人接受。狂暴的氣流可以令滑翔機的金屬結構部份也成為碎片，或者也可以撕碎一個人，但是，總會有點痕跡留下來的，而如今的情形是，一點痕跡也沒有！

與靈交通

在所有專家定論沒有結果之後，樂清和與方婉儀之間，起了一場劇烈的爭論。

那天晚上，當夕陽西沉，滿天紅霞，映著遠處山峰的積雪，景色極其宏麗，樂清和正在那幢房子的套房之中，趕寫博士論文之際，聽得范叔在吩咐司機：「快準備車子，我要去打電報！」

那時，封秋葉和方風揚兩人，由於方婉儀堅決要留在法國，也住在這幢屋子之中，方風揚走過來，問：「打給什麼人的電報？」

范叔道：「我也不知道，一共是八封電報。」

樂清和當時聽了，也沒有在意。

當天晚飯後，大家聚在起居室中的時候，方婉儀望著壁爐中的爐火，突然道：「今天我叫范叔發了八封電報，請八位召靈專家來。」

方風揚、封秋葉都怔了一怔，苦笑了一下，沒有說什麼。

樂清和重重放下了手中的咖啡杯，他顯得極激動，連咖啡濺了出來都不理會，他立時道：「婉儀，你這樣做，太過份了！」

方婉儀仍然望著吞吐變幻不定的爐火，聲音聽來很平淡，但唯有平淡的哀傷，才更叫人難過。她道：「我們都不必欺騙自己了，封白一定已經死了！」

封秋葉震動了一下，他手中酒杯中的酒，晃了少許出來。

樂清和揚高了聲音：「就算封白不在人世了，既然是事實，就得接受！」

方婉儀的回答像是仍然十分冷靜：「就是為了接受事實，我才請召靈專家來，希望在專家的協助下，他的靈魂會降臨，讓我們知道究竟發生了什麼事！」

封秋葉顯然忍受不了這種氣氛，一口喝乾了杯中的酒，走了出去。方風揚也站了起來，道：「婉儀，你再考慮一下，這……樣做，未免……太……」

樂清和道：「我反對，這太荒謬了！」

方婉儀道：「怎麼荒謬？我們都知道封白死了，為什麼不設法，用盡一切辦法，和他的靈魂交通一下？」

樂清和喘著氣，漲紅了臉：「婉儀，所謂召靈專家，全是江湖術士，聽他們胡言亂語，有什麼用處？」

方婉儀搖頭：「未必全是胡言亂語，或者能通過靈媒，使我們知道一些真相！」

樂清和的臉漲得更紅：「什麼真相？」

方婉儀回答：「他究竟到哪裡去了？發生了什麼意外，等等！」

樂清和深深地吸了一口氣：「婉儀，不能因為封白有了意外，你以後就生活在夢幻之中！什麼靈媒、降靈會，你究竟要持續這樣的生活多久？」

方婉儀像是不準備再和樂清和爭下去，她用十分疲倦的聲音道：「不知道，我自己一點也不知道！」

樂清和用力推翻了一張椅子，喘著氣：「好，既然你當作世界上再也沒有其他人的存在，我告辭了！」

他說著，大踏步地走了出去。這時，封秋葉和方風揚在門口聽著他們兩人的爭吵，樂清和要走出去時，被他們兩人不約而同地阻擋住了。

方風揚沉聲道：「婉儀，如果你讓清和走了，你就再也不會有朋友了！」

方婉儀幽幽地嘆了一聲，向樂清和望來。一接觸到方婉儀那種哀傷欲絕的眼神，樂清和也不由自主，嘆了一聲。

方婉儀道：「對不起，清和，我以為你會同意我這樣做的！」

樂清和道：「可是，現在，我反對！」

方婉儀低下了頭：「讓我試一次，清和，或許，真可以通過這種方式，得到一些什麼！不讓我試一次，我……不會心息的！」

樂清和長嘆了一聲，沒有再說什麼，只是做了一個無可奈何的手勢。

八個召靈專家，在一個月多之後，相繼來到，前後進行了十多次降靈儀式，有的是八個召靈專家一起進行，有的是單獨進行的。

結果，就像是那天晚上樂清和所說的那樣：江湖術士的胡說八道！

每一個靈媒都有他們自己的說法，而且自相矛盾，不知所云，鬧了大半個月，方婉儀長嘆一聲，把那些江湖術士都遣走了。

在接下來的日子中，她就自己動手，做著滑翔機的模型，做出來的模型，精巧絕倫，和封白駕著飛上天的那架，一模一樣。

足足一年之後，封秋葉心臟病發逝世，但臨死之前，遺言是對他一生之中最好的好朋友說的：「風揚，把我全部的財產都歸入你的名下，將來，都給婉儀吧！唉，我倒寧願相信人死了之後有靈魂，至少我可以和封白相會了！」

封秋葉死了之後，方風揚顯得十分落寞。

樂清和已交出了博士論文，得到了大學教授的一致好評，順利地取得了博士的頭銜，歐美各國著名的大學，爭相聘請他。

搜索封白的工作，已經告一段落，方風揚要帶著方婉儀回去了。

樂清和也就拒絕了歐美各個著名大學的邀請，一起回到亞洲的這個城市來。

方婉儀嫁給樂清和

有真材實學的人，不論在什麼環境之下，都會出人頭地，這個亞洲城市的大學，在世界學術界中，根本沒有地位，但是樂清和不斷發表著他的學術研究，一年之間，聲名鵲起，雖然他看來那麼年輕，但是已經成為國際知名的學者了。

在方風揚和方婉儀回來之後，方婉儀除了調弄樂器，就是繪畫，幾乎全畫的是天空，一望無際的藍天，深邃而不可測，看起來給人以一種極度的幽秘之感。

方風揚堅決邀請樂清和住到方家來，樂清和堅決拒絕，為了這件事，一老一少兩人之間，不知爭執了多少次，方風揚甚至帶了范叔，好幾次親自到大學單身教授的宿舍之中，把樂清和的行李書籍，一股腦兒地搬了過來，又被樂清和搬了回去。

到後來，樂清和終於住到了方家，是因為方婉儀的幾句話。

方婉儀道：「清和，我知道你為什麼不肯來住，是的，沒有人喜歡做另一個人的影子。清和，我對你說，你在我心目中，從來就是你自己，不是任何人的影子！」

樂清和為了這幾句話，激動得全身發抖，那時，離封白失蹤已經兩年了，大家在談話之中，都有意地避免提及封白的名字。

樂清和一面發著抖，一面顫聲道：「謝謝你，婉儀，謝謝你這樣對我！」

他是真正感到激動，自從他第一次見到方婉儀起，他就一直把自己對方婉儀的愛意，深深埋藏起來。因為，那幾乎是沒有可能的事，全世界任何人都看得出，方婉儀和封白，是天造地設的一對，世界上沒有任何一對男女，比他們更配合的了。

樂清和一直在受著痛苦的煎熬，但是卻從來也沒有表示出來過。

封白失蹤之後，他看到方婉儀對封白的思念，更是心如刀割，他心中的傷痛，實在比方婉儀更甚。方婉儀是傷痛封白的失蹤，而樂清和的痛苦，是來自他看出，封白在，他沒有任何希望，封白不在，情形一樣沒有改變，他依然沒有任何希望！

所不同的只是，封白在的時候，他對著快樂的方婉儀苦苦思戀，而封白不在了，他面對著痛苦的方婉儀苦苦思戀！

他一直把自己的心意掩飾得那麼好。他以為全世界沒有人知道。可是方婉儀作為一個女性，自有她女性的第六感。一個日常在身邊的男人，心裡在那樣思戀她，她怎麼會感覺不出來？

尤其是封白失蹤之後，這種感覺就更明顯了。只不過在極度的哀痛之餘，她根本沒有心情去分析，更不必說接受了。

這時，她對樂清和講出了她自己心中對他的感覺，令得樂清和再也不能掩藏他的感覺，樂清和的那份激動，由於方婉儀心中對他的評價，令得他幾乎一下子處於整個身心瀕於崩潰的邊緣。

他那種激動，方風揚看在眼裡，自然也知道自己的決定是對的。樂清和雖然是封白的好朋友，但樂清和難道真是為了友誼，才對方婉儀那樣關心？當然不是，方風揚也可以感到樂清和對方婉儀的那份情意！

在那次激動過了之後，樂清和再度表現得平靜。可是在一切日常生活上，他對方婉儀更加體貼。由於樂清和住在方家，他們見面的時間自然很多。

開始，樂清和攜帶方婉儀外出，大都是去參加他的學術演講會。樂清和年輕，風度翩翩，在學術界又有崇高的地位，主動追求他的女孩子也不知有多少，可是樂清和卻連看也不向她們看一眼。

方婉儀不是木頭，她自然知道樂清和在等什麼。

有一天晚上，方婉儀在彈奏了好幾遍貝多芬的鋼琴奏鳴曲之後，獨自來到花園中，像往常一樣，她一到花園，樂清和就會在她的身邊出現。不過這次有所不同的是，當方婉儀站定之後，樂清和離得她十分近，近到她甚至可以聽到樂清和心頭在狂跳的聲音。

方婉儀轉過頭來，向樂清和望去，看到樂清和的雙眼之中，射出那麼熾熱的愛戀的眼神來，那幾乎是近乎瘋狂的眼光，和樂清和平時那種溫文儒雅的神態，是完全不相稱的！

方婉儀心中嘆了一口氣，微微閉上了眼睛，她知道接下來發生的事，一定是無可避免的了。

當她微閉上眼睛之際，樂清和已經輕輕地托起她的下頷來。當她的唇，接觸到了樂清和焦渴的、熾熱的唇之際，方婉儀的心中，陡然迸出了封白的名字來。她完全把樂清和當成了封白，心理上和生理上的反應，令得方婉儀的身子，不由自主，緊貼向對方。

對於自己的吻，能令方婉儀有那麼熱烈的反應，樂清和也很出乎意料之外，他用強壯的手臂，緊緊摟著方婉儀。方婉儀的心中一直在叫著：封白！封白！

當然，樂清和是不知道這一點的，他以為他自己已經贏得了方婉儀的感情。

而在那一剎間，方婉儀也已經決定，把這一點，永遠埋藏在心中，不讓任何人知道。她並不是想欺騙任何人，而只是封白的一切，實在無法從心頭抹去！

從那一刻開始，一直到後來，方婉儀心中對樂清和抱歉的是，不論他們在一起怎樣親熱，方婉儀始終覺得自己在和封白親熱，她的所有反應，全是為了封白，而不是為了後來成了她丈夫的樂清和。

樂清和成為她的丈夫，那又是一年之後的事情了。

方風揚病重，在病床前，樂清和、方婉儀在，方風揚嘆了一口氣，道：「婉儀，有一句話，我藏在心裡不知多久了，實在非說不可。婉儀，你如果想要一個理想的丈夫，那麼這個理想的丈夫，就在你的身邊！」

方婉儀沉默了片刻，向樂清和伸出手去，樂清和忙把她的手握著。

方婉儀心中的嘆息聲是沒有人可以聽得到的。她的嘆息發自她內心的深處，為的是，即使是被樂清和握著手，她所想到的，也是被封白握著手！

方風揚看到了這種情形，真是興奮，竟然掙扎著坐了起來！

本來，醫生說方風揚的病是拖不過三個月的了，可是由於看到女兒從封白的噩夢中醒了過來，又找到了新的愛情，方風揚直到一年之後才去世，替樂清和、方婉儀主持了他們的婚禮。

方婉儀知道父親為了什麼才能活下去，在方風揚死後，她在靈前流淚，心中在說：「我不是有意騙你的，我實在忘不了封白！」

當她和樂清和熱烈地、毫無保留地擁在一起之際，她要非常小心，才不致於叫出封白的名字來。而在婚後的最初日子中，她經常在午夜，從夢中驚醒，好像感到封白突然出現在他們的床前。

封白當然沒有再出現，他消失得無影無蹤，搜索工作一直在進行，阿爾卑斯山區的爬山者，如果有所發現，立刻可以在當地的銀行得到賞金，這是進入山區的人大都知道的事。

可是，隨著時間的過去，三年、五年、十年、二十年，這件事，也漸漸被人遺忘了。

樂清和和方婉儀的第一個孩子，在他們婚後第二年出世，那是樂天，接著，他們又添了一個女兒，樂音。

方婉儀承受了父親的全部遺產，她交給范叔的兒子去管理，日子平靜而幸福，絕沒有人在口中提起封白這個名字，只有那架滑翔機的模型，放在起居室的一角，看來十分礙眼。而在模型旁的那張安樂椅，就是封白以前最喜歡坐的。

樂清和當然很不滿意這一點，可是他卻也從來沒有表示過。而方婉儀，在望向那架滑翔機模型之際，有時會忽然生出幻覺，像是那架紅、黃、白三色的滑翔機，正由天空俯衝而下！

時間過去了將近三十年，連樂天和樂音都不知道有封白這個人，范叔更是守口如瓶。這個家庭看起來平靜幸福，三十年之前的創傷，本來只埋藏在方婉儀一個人的心底，可是，樂天的那次探險，卻又令得舊事表面化了！

緬懷過去

「望知之環」！

樂天聲稱，可以通過這一對玉瑗，知道心中想知的事！而更湊巧的是，法國南部的那個滑翔機俱樂部，又寄來邀請函。

方婉儀又要到那個曾令得她傷心欲絕的地方去！

樂清和當然竭力反對，可是方婉儀決定要去了，他又有什麼能力阻止？

直到這時候，樂清和才隱隱感到，這三十年來，作為一個丈夫，他還是對自己的妻子知道得太少了！然而，他有什麼可以抱怨的？他深深愛戀著的人，變成了他的妻子，當他第一次，和方婉儀毫無保留，緊緊擁在一起，當他得到方婉儀的身子，當他凝視著方婉儀那麼美妙的胴體之際，他曾喃喃不絕地講了將近半小時的話，而且翻來覆去，就是那一句：「樂清和，老天待你，真是不薄！」

不可能的事成為事實，方婉儀已經是他的妻子！樂清和要把以前的事忘記，隨著時間的消逝，他也真的可以完全忘記了！

可是，舊事又被提起來了！

當方婉儀坐在安樂椅上，凝視著手中的兩隻玉瑗，沉緬在往昔的時光中之際，樂清和曾經輕推開門，向內張望了一下。

他並沒有發出任何聲響，方婉儀那種出神的神情，令得他感到一陣難過，因為他知道方婉儀那時，是在想什麼事，想什麼人。

他回到自己的臥室中，令自己的身子，重重地陷進柔軟的沙發之中。

兩夫妻是什麼時候開始分房睡的？不會很久，大約也有五六年了。進入中年之後，情和慾都漸漸變得淡，分房睡似乎也是自然而然的事。

樂清和想：我已經得到了當年夢寐以求想得到的一切，一切全得到了，這還不滿足嗎？

他又點著煙斗，深深地吸著，然後讓煙自他的口中，慢慢呼出來。

從一個窮學生，到享譽國際的學者，而且，妻子有著數不盡的財產，可以供給他無限制的物質上的享受。子、女又是那麼的出色，如果一生就這樣，那真是應該滿足了。

可是，那件事又怎麼樣？是不是在隔了那麼多年之後，只有他一個人知道的秘密，終於會洩露出來？

一想到這一點，樂清和就會感到很不安。這時，他也沒有例外，不安的心情，令得他變換了一下坐著的姿勢。

在南美洲哥倫比亞山區找到的中國玉瑗，事情的本身，已經充滿了神秘，令得樂清和覺得更神秘的是，樂天顯然隱瞞了一部份事實。

作為一個探險家和考古家來說，樂天的做法是毫無道理的。他甚至破壞了那個地洞，使得旁人不能進入。這是完全難以想像的事，因為這樣一來，樂天發表的報告，等於失去了事實的支持，在學術上，幾乎等於絲毫沒有價值了！

樂天為什麼要這樣做？他隱瞞的事實是什麼？樂清和可以估計，樂天在那個地洞之下，一定另外有著十分離奇的遭遇，可是樂清和卻不知道那是什麼樣的經歷，也不知道樂天為什麼要保守秘密。

由於環繞著「望知之環」發生的一切，充滿了神秘感，所以樂清和對「望知之環」，總覺得有點戒心，他甚至問自己：婉儀正在那麼出神凝視著那對玉瑗，是不是她已經在那個圓孔之中，看到了什麼呢？

樂清和又感到了不安，深深吸了一口煙，他吸得太急了些，以致嗆咳了起來。他感到，自從那件事發生之後，他從來也沒有這樣不安過。只有一次，那是方婉儀請來了八個召靈專家那一次，他也感到過不安。

樂清和不明白，何以如今的不安，還在那次之上！召靈專家和靈魂溝通，是十分荒謬可笑的，通過一對玉瑗，能知道想知的事，豈非同樣荒謬可笑，何必為這樣的事不安？

樂清和其實知道自己究竟為什麼事在不安，不過他沒有勇氣承認，甚至自己騙自己，連想也不去想！

真正令得他不安，多少年來，一直在想著的是，封白和他的滑翔機，究竟到什麼地方去了呢？

樂清和曾作過各種各樣的猜想，可是沒有一個設想是可以成立的。那麼大的一部滑翔機，一個人，怎麼可能消失在空氣之中？

整件失蹤的事件，由於人、機一起消失無蹤而變得神秘莫名。

如果說方婉儀曾經無數次午夜夢迴，忽然感到封白可能在門口出現。那麼，樂清和害怕這一剎那的次數更多！封白到哪裡去了呢？為什麼他的屍體一直沒有被發現？隨著時間過去，十年之後，他的這種恐懼，已經淡了許多，如今，已經三十年了，還能令他感到不安，由此可知在開始的一兩年，開始的幾個月中，他的恐懼是如何之甚！

樂清和想了很久，才把煙斗中的煙灰，叩在煙灰碟中，自己告訴自己：「雖然不願意，還是陪她去一次吧，已經三十年過去了，還會有什麼事發生？」

望解啞謎

他完全驅除了心中的那一絲不安，站了起來，經過起居室，來到方婉儀臥室的門口，輕輕推開了門，看到他的妻子，仍然凝視著那一對玉瑗。

樂清和用煙斗在門上輕輕叩了兩下，笑道：「看到了一些什麼？」

方婉儀因突然而來的打擾，震動了一下，然後，緩緩抬起頭來，神情惘然：「看到了什麼？」

樂清和笑著：「這正是我要問你的！」

方婉儀搖著頭：「什麼也沒有，小天的推測……」

樂清和嘆了一聲：「小天有點神秘兮兮的，不知道他在弄什麼玄虛——」

他說著，來到了方婉儀的身邊，作最後一次的努力：「婉儀，別去——」

方婉儀不等他說完，就堅決地道：「不，我要去！」

樂清和苦笑道：「你是決心再去經受一次痛苦？」

方婉儀幽幽地嘆了一聲：「要是還有痛苦的話，也已經過去三十年了！」

樂清和沒有再說什麼，只是來回踱著步，方婉儀又道：「還有，我要帶范叔一起去！」

樂清和陡然站住，剎那之間，他感到了無比的憤怒，一句話幾乎已經要衝口而出了。可是在不到一秒鐘的時間內，他就把他的憤怒，抑止了下來，只是淡然道：「好，帶范叔一起去。」

他那句想衝口而出，但是結果一個字也沒有說的話是：「就算你把當年在場的人都找來，你失去的封白，也不會再在你的身邊了！」

儘管樂清和掩飾內心感情的本領十分高強，可是在極短的時間之內，把憤怒壓下去，還是令得他的臉色變得十分難看。

但是他的神情如何，方婉儀並沒有注意，方婉儀只是道：「我們明天就走。」

樂清和攤了攤手，表示沒有意見。他有點按捺不住地，也向那兩個玉瑗的中心圓孔部份，望了一眼，當然他什麼也看不到。

他現出一個輕鬆的神情來，直起身子。方婉儀在這時候，低聲道：「清和，當年……的事，始終是一個謎，是不是？我真想解開這個謎來！」

樂清和附和著：「是啊！天空看來晶瑩明澈，像是可以給人一眼看穿，什麼秘密也沒有，但是實際上，高空和深海一樣，都是神秘而不可測的。」

方婉儀沉默了片刻，才道：「高空、深海，還有地底！全是不可測的！」

樂清和沒有表示異議，他知道她為什麼想起地底，因為樂天在地底有過神奇的遭遇。

他們又講了一會不相干的話，雖然兩人都明白為什麼要舊地重遊，以他們的年紀，當然不可能再去參與滑翔機的運動了。但是，他們兩人都在說話之際，十分小心，誰也沒有提及封白的名字。

地洞之秘

在母親離開他的房間之際，樂天一直注視著她的背影。即使是在高雅的緩步行動中，樂天也可以感到他母親心中所含的無比痛苦。

樂天嘆了一聲：父親和母親之間，究竟有著什麼不可告人的秘密呢？他想到去問范叔，但是隨即又放棄了這個念頭。

他不想去探聽他人的秘密，因為他自己，也有著不想人知道的秘密。

他絕不想任何人知道這個秘密。本來，世上除了他之外，還有人知道，那個人是阿普。而阿普已經死了，那就只有他一個人知道這個秘密了！

他一個人知道的秘密。

地底下的秘密，是的，就是在那個地洞之下的秘密，那個一直令他感到極度迷惑的秘密！

樂天一想起來，手心之中，又在隱隱地冒著汗，他再一次自己問自己，那是真實的經歷呢？還是自己虛幻的感覺？

他曾對他父親說過：如果把所有的經歷全寫了出來，那麼人家會當作那是一個神經病人的夢囈。即使是這時，他自己再想起來，他也不能百分之一百肯定那是不是事實。

那是他和阿普兩個人，進入了那兩扇門，看到了那塊光滑如鏡的大石之後發生的事。

樂天站在那塊簡直就和鏡子一樣的大石之前，看著自己，他在一開始之際，的確看到了許多幻象，看來全然是雜亂無章，沒有意義的。

那時阿普就在他的身旁，比他離那塊大石，稍微遠一點，一直在喃喃自語。

樂天由於太專注於看著鏡子中那些幻影般的東西，所以並沒有注意阿普在講些什麼，直到阿普提高了聲音，他才聽得阿普在說：「原來是這樣的！原來是這樣的！」

樂天怔了一怔：「阿普，什麼原來是這樣的，你看到了些什麼？」

阿普道：「他們七個人，我們一直沒有看到他們，原來他們在裡面！」

樂天又是一怔，他幾乎全然聽不明白阿普這樣說是什麼意思！

他道：「阿普，你說什麼？」

阿普指指那塊平滑如鏡的大石：「他們，他們在裡面！」

樂天更是訝異，推開門來之後的那個空間相當小，就像是一間小房間，那塊如鏡的大石，就等於是小房間的一幅牆，而阿普就指著它，說是有七個人在裡面，這又是什麼意思？

樂天望向阿普，還想再問，可是他看到阿普只是指著那塊大石，現出了一種十分怪異的神情，樂天轉回頭去，再看那塊大石時，他也不禁呆住了！

剛才，他面對那塊大石時，在如同鏡面的石面上，看到的是變幻莫測的圖案，他絕對無法說出自己看到的是什麼東西。

當這時，當他再向那塊大石看去之際，卻看到了一片澄澈，清明無比，深邃莫名，看去，是一片十分明淨的空間。而且，他清清楚楚看到了，在那裡面，有七個人，有的坐著，有的躺著，有的站著。

那七個人，看來都是當地的村民。

樂天也立即知道那七個是什麼人，那七個當地的土著，一定就是在阿普到過這個地洞之後，他們曾勇敢地下來，而再沒有上去過，在傳說之中，成了在地洞之中被魔鬼吞噬了的人！

樂天整個人都呆住了，雖然他竭力要使自己保持思緒上的清醒，但是那麼玄秘的景象在眼前，卻又使他十分難以保持清醒。

那七個人，維持著樂天才一看到他們時的姿勢，一動也不動，看起來，像是七個活生生的人，被嵌進了一塊碩大無朋、晶瑩透澈至極的大水晶中一樣。

樂天心中告訴了自己千百遍：「不是真實的！如今看到的一切，全不是真實的！」

可是，那確然是真實的，他看得清清楚楚！那種感覺，就像是面對著銀幕，清楚地看到景象，但是在意識上，卻認定了那只是虛假的。

樂天勉強笑了起來，告訴自己：當然不是真的，在自己面前的，是一塊石頭，看到的一切，只不過是鏡面般光滑的石面上反映出來的一些景象而已。

當然，樂天這時，在那種詭異的情形下，他絕不能仔細地去想一想，如果那是一種映像，那麼他自己的影子呢？到什麼地方去了？

樂天並沒有想到這一點，而事實上，是不是想到這一點，也並不重要，因為他立時伸手指向前，一面半轉過頭來，想告訴阿普，他所謂看到「人在裡面」，只不過是鏡面的反影。

可是，他的手才揚起來，頸部只是略微轉動了一下，就整個人都僵呆了！

他是貼著那塊大石站著的，在他的身子和那塊大石之間的距離，不會超過二十公分。那麼小的距離，已不能容他揚起手來，直伸手臂，指向前面，他的手，應該會碰到那塊大石。

但這時，他的手臂向前伸直著，指著前面，卻並沒有碰到那塊大石！

這時，樂天所感到的那種感覺，真是十分奇特，他絕不以為那塊大石移開了，不存在了，而是真正感到，自己的手臂，揚起來的手，穿過了那塊大石，那塊大石不再像是固體，而像是氣體，他的手穿過了它！

樂天不由自主，發出了一下低呼聲來，他把手再伸得高些，然後，他一腳跨了出去。

當他伸腳出去之際，連他自己也不知道為了什麼要這樣做，或許是想試一試，自己的身子是不是可以突破三度空間？

而事實上，這時他的思緒混亂得根本無法去想，一切動作，都是近乎下意識的。

當他的腳跨向前之際，果然，又「穿」過了大石，接著，他向前跨出了一步，整個人在感覺上，都進入了那塊大石之中。

夢幻境界

他轉過頭去看，卻什麼也看不到，看不到阿普，看不到那兩扇門，什麼也看不到，只看到灰濛濛的一片。而向前看去，卻仍然是明澈無比，那是十分難以形容的一種明澈，不是很光亮，但是足可以使人看清一切。樂天看到了那七個人，這時，他可以肯定，那七個人不是什麼映像，而是實實在在的七個人！

那七個人，本來是在大石之中的，而他自己，也到了大石之中！

樂天吸了一口氣，當他深深吸氣之際，他心中忽然升起了一種十分滑稽的感覺：人在一塊大石之中，怎能夠吸氣呢？

他清清楚楚記得，自己是穿過了大石，進入了大石的內部的，然而，他的行動，卻一點也沒有受到限制，他是在一個空間之中，而且，在深深地吸了一口氣之後，他的神智更清醒。

樂天定了定神，叫了兩聲「阿普」，得不到回答，他很想轉過身去，往回走，看看自己是不是能從大石之中走出來，但是他卻沒有這樣做，因為眼前的經歷太奇妙了。要是退了回去，再也走不進來的話，那只怕要自己恨自己一輩子了。

樂天在定了定神之後，雖然整個人的心境，仍然處在十分幻妙的境界之中，但是他至少可以想到，自己這時的處境，極可能是突破空間的限制，到了另一個空間之中！這個地洞，剛才的那兩扇門，是通向不可測的四度空間之門？

樂天慢慢向前走著，來到了第一個人的面前，那個人用一種十分閒適的姿勢蹲著。這種姿勢，樂天並不陌生，印地安土著喜歡用這樣的姿勢蹲著抽煙。只不過這個人的手中，並沒有煙袋。

當樂天俯身去看這個人的時候，他的鼻尖和那個人的鼻尖之間的距離，不會超過十公分，他可以清楚地看到那個人臉上的皺紋。

山區的印地安人，由於生活困苦的原故，看起來總會比他的實際年齡大一些，樂天估計這個人的年紀不到三十歲。

可是儘管兩人之間的距離如此之近，在最初的幾十秒之內，樂天竟然無法肯定這個人是不是一個死人。所以，當那個人忽然眨了一下眼的時候，樂天著實嚇了一大跳，向後退了一步，幾乎跌倒在地上。

他退出之後，伸手指著那人，張大了口，想說話，可是由於驚訝得實在太甚，竟然一點聲音也發不出來。那人在眨了一下眼之後，又一動不動。令得樂天幾乎以為自己剛才是眼花了！

過了好一會，他終於能發出聲來了，他說的那句話，實在不是充滿了疑惑的他想說的，可是在這樣的情形下，他又沒有別的話好說，他用當地土語打招呼的話道：「你好！」

那個蹲著的人，一點反應都沒有，樂天又足足盯了他五分鐘之久，才見他又眨了眨眼睛，彷彿他全身會動的，就是眼皮而已。

樂天的心中，怪異莫名，他轉過身，去看另一個離他最近的人。

那個人看起來年紀更輕，大約只有二十出頭，躺在地上，一副懶洋洋的樣子，看起來更是舒服，也是隔上半天，才眨眨眼，樂天這時膽子已大了些，他來到那人身邊，伸手去推他，那人的身子，隨著他的推動，而稍微動了一下。

樂天和他說著話，那人一點反應也沒有。

一共是七個人，樂天一個一個走過去，每個人的姿勢雖然不同，但全是一樣，對樂天的話或動作，一點反應也沒有。

樂天陡然之間，激動了起來，大聲叫道：「這裡是什麼地方？這幾個人為什麼會這樣子？他們究竟是死還是活？還有沒有別的人？」

樂天並沒有期望自己的叫喊，會有什麼結果，他只是非叫不可，不然，處身於這種夢幻一般的境界之中，又明知不是在做夢，他真會被逼得發瘋！

他一連叫了好幾遍，奇怪的是，他的叫喊聲，並沒有引起回音，那七個人對他的叫嚷，仍然一點反應也沒有。

樂天又叫道：「這裡一定另外還有人！一定還有，你不出來，我來找你！」

他叫著，向前直奔了過去。

自從他「進入了」那塊大石之後，眼前的空間，幾乎是無邊無涯的。所以，他可以用極高的速度，向前奔去，而不怕碰到任何東西。

他一面叫，一面奔著，估計至少已經奔出了好幾百公尺，可是當他喘著氣，停下來之際，他呆住了！

他明明一直在向前奔著，可是停下來，他卻還是在原來的地方！一點也不錯，是在原來的地方，在那個站著的印地安人和躺著的印地安人之間，甚至一點也沒有移動過！樂天心頭狂跳，一則是由於剛才的疾奔，二則，是由於極度的驚訝。

一時之間，他不知道怎樣才好，他在混亂之中靜下來，第一個想到的問題是：如果我不能向前去的話，我豈不是也不能向後退？如果我不能向後退，我怎麼出去？

一想到這一點，樂天不禁出了一身冷汗，他顧不得再向前去，看看那七個人，他們到這裡來，不知道已經多久了，他們就一直這樣子在這裡？如果自己也成為他們之中的一個的話——

樂天想到這裡，簡直不敢再想下去，這裡的境地雖然妙幻，但是這時他唯一想的，就是趕快離開，他急急向前走著，甚至奔著，但是，當他停下來的時候，他還是在那七個人之間，沒有法子走得出去！

樂天是一個極其堅強的人，但是在這時候，他唯一的感覺，就是想哭。雖然他還強忍著，沒有哭出來，但是他的聲音之中，已經帶著哭音，他嘶叫道：「這裡究竟是什麼地方？發生了什麼事？究竟發生了什麼事？」

他的身子打著轉，雙手掩住臉，當他的叫聲停止之後，他可以聽到自己劇烈的心跳聲。他在這時候，除了他自己的心跳聲之外，他又聽到了另外一種聲響。

樂天怔了一怔，那是腳步聲！是有人向前走來的腳步聲，他絕對可以肯定這一點。

他放下了捂住了臉的雙手，四面看看，那七個人仍然維持著原來的姿勢，一動不動，可是腳步聲還是繼續傳過來。來的是什麼人？

樂天這時想到了阿普，他叫了起來：「阿普，不要過來，進來了你就出不去，我已經出不去了！」

可是他的呼叫聲，並未能阻止腳步聲，腳步聲越來越近了，可是人呢？怎麼沒看到向前走來的人，只聽到腳步聲，看不到向前走來的人，尤其又是在這種詭異莫名的境地之中，樂天在剎那之間，感到了極度的恐怖，遍體生寒！他盯著腳步聲傳來的方向，聲音已經越來越近了，可是人呢？

人是突然之間出現的。

樂天整個人都怔呆得一動也不能動，像是在他的面前，忽然多了一幅無形的銀幕，由他的身後投射了一個人，印在那銀幕上一樣。

但是實際上，在他的身前，並沒有銀幕，那只不過是他的感覺而已。事實上，是那個人的出現方式太奇特了，是樂天所從來沒有經歷過的！

在樂天的面前，本來是什麼也沒有，可是隨著腳步聲的接近，那個人一點點現身出來。先還只是一點衣裙，接著，一隻腳跨出來了，再接著，一隻手出來了，然後是小半個人，小半個臉，小半個身子。那人像是從一個無形的幕後面走出來的一樣，再接著，那個人就整個人呈現在樂天的面前。

樂天整個人僵呆，甚至連血液都要凝結了。他望著那個人，那個人也望著他。那個人的打扮神情，都十分異特，穿著一件十分寬大的衣服，樂天在一時之間，甚至不知道那是什麼衣服，要想一想，才想起來！哦，那是中國古代的衣服，那人臉上，有一種十分好笑的神情，這倒使人感到有點親切。

滑稽的事

如果不是過度的驚愕令他的肌肉僵硬，樂天這時候，真想放聲大笑起來！

可不是麼？事情多麼滑稽！忽然之間，冒出了一個穿著中國古代衣服的人來，他在這裡幹什麼？是在做戲麼？而且那個人的神態，看來是如此滑稽！

樂天進一步想到的是，自己一定是因為地底的氧氣不足，自己的腦部活動，受了缺氧的影響，所以產生了幻覺。一個穿著中國古代服裝的人，那一定是從中國古代玉瑗那裡得來的聯想，眼前的一切，全是幻覺！

他是一個探險家，自然知道腦部在缺氧的情形下，如果已經發生了幻覺，那是一件十分危險的事。所以，他立時伸手向腰際，準備取下腰際所帶著的小型壓縮空氣筒來，使自己可以呼吸到新鮮的空氣。

可是他的手才一動，在他對面的那個人，已經向他做了一個手勢笑著，用一種聽來相當古怪，口音也很奇特，但是樂天卻完全可以聽懂的中國話，對他道：「你……你是由哪裡闖進來的？」

樂天伸向腰間的手停止在半空，因為他感到，眼前的一切，絕不是幻象，是實實在在存在著的事！他並不需要什麼氧氣，他的腦部活動十分正常！可是他的神情，卻不是很正常，他張大了口，瞪大了眼睛，那樣子十足是一條離水的魚一樣！

那人的神情相當溫和，笑了笑，道：「好，你既然闖進來，遇到了我，那麼，你有什麼要求，不妨對我說說。」

樂天要在非常努力的情形之下，才能擠出一句話來：「你……你是……什麼人？」

那人仍然溫和地笑著：「要對你說明這個問題，那真是太難了！嗯……這樣好了，你可以當你在無意之中，闖進了仙境，遇到了神仙。」

樂天實在幾乎想笑出來，他的神情很怪異，指著那人，道：「你……是神仙？」

那人有點無可奈何，攤了攤手：「其實，我不是神仙，但是你可以將我當作神仙，以前，有偶然的機會，遇到我的人，我叫他們把我當神仙，他們都沒有什麼疑問，你看來與眾不同！」

樂天的腦中一片混亂，實在不知道想什麼才好，那個人，叫他把他當作神仙，他看起來，也的確像是一個傳說中的神仙，但他又自己說自己其實不是神仙，這……究竟是怎麼一回事？

那人又說，曾經有人因為偶然的機會，遇到過他幾次，那些遇到他的人，都把他當作神仙！

這樣說法，又是什麼意思呢？

在一片紊亂之中，樂天突然之間想到了，童年和少年時期看過的許多中國神話和童話的故事，在這些故事之中，「遇到神仙」是一個重要的內容，大抵類此：一個人在深山中迷了路，忽然遇到了神仙，於是，神仙就給他指導，使得這個人得了很大的好處……

遇到了神仙！樂天吞了一口口水，自己像是這些傳說中的人一樣，遇到了神仙？

他所受的教育告訴他，那是不可能的事，所以他神情雖然迷惘，但還是堅決地搖著頭：「你不是神仙！」

那人現出十分欣賞的樣子來，點著頭，顯然是承認他不是神仙，可是他一開口，說的話，卻又和他的動作，全然矛盾，他作了一個很可笑的表現，道：「其實，說我是神仙也沒有錯，我問你，神仙的定義是什麼？」

樂天有點啼笑皆非，神仙的定義是什麼？任何看過傳說的小孩子都可以答得上來，他實在不想回答這個問題，可是他又知道，眼前這個人，如此神秘，自己非得好好和他進行一番交談不可！所以，他先把答案在心中想了一遍，才說了出來。

一個自稱神仙的人

樂天說出了神仙的定義：「所謂神仙，本來也是人，後來通過一種……修煉的方法，使他的生命形式，發生了變化，用傳說中的話來說，他升天了。升天有時是他一個人升天，有時，還可以有很多人一起升天，有『拔空飛昇』的傳說在中國的歷史上出現過，那就是全家都成了神仙了。成了神仙之後，他就變成長生不老，與天地同壽，神通廣大，法力無邊，可以隨意再出現，又可以隨時消失，他能知過去測未來。這樣……就叫神仙，中國歷史上，由人變成神仙的相當多，東晉的葛洪，就是很出名的一個。」

樂天像是回答了教師一個艱難的問題之後的小學生一樣，等候著那人的「給分」。

那人呵呵笑了起來，點頭道：「是，簡單地說，就是超脫生死，變幻莫測的人！」

他在講了這句話之後，又補充道：「超脫生死，是我們自己的事，變幻莫測，是因為世人對我們不瞭解而下的形容。」

樂天再吞了一口口水：「那麼……你真的是神仙？」

那人像是有點不知道如何回答才好，想了一想，才道：「你剛才提到了東晉時期的葛洪，他是我們之中一個很出名的人物，但是在他之前，已經有一百六十二個人，比他更早到達了這境界！」

樂天茫然道：「一百六十二人？」

那人笑了笑：「可能更多，但是有記載的，就是那一百六十二人！」

樂天叫了起來：「記載？什麼記載？」

那人有點驚訝：「你沒有讀過漢時劉向所著的《列仙傳》和葛洪撰的《神仙傳》？你應該讀過的，剛才你還提到了葛洪！」

《列仙傳》和《神仙傳》，是的，樂天記得，曾在父親的書房中看到過這兩本書，他也將之從書架上取下來閱讀過，不過那是當作「閒書」來看的，他根本從來也沒有相信過，人可以變成神仙這回事！

這時候，他有點瞠目不知所對，他竭力搜索著記憶，想著自己對那兩本書的印象，他笑了起來：「你錯了，應該是一百六十四人。《列仙傳》中記載了七十個神仙故事，而《神仙傳》中，記載了九十四則！」

那人「呵呵」笑了起來：「可是，《神仙傳》中彭祖、容成功兩則，是和《列仙傳》重複的，所以，是一百六十二個！」

樂天吁了一口氣，他真不知道自己和那個人，在討論那種虛幻的記載，有什麼意義。

他道：「別提這些了，你究竟是什麼人？怎麼能在這裡生活？這七個人又是怎麼一回事？天，我是不是進入了什麼幻境之中？」

那人皺了皺眉，道：「你一再追問我是什麼人，我已經告訴過你，我就是符合你剛才所說的定義的那種人！我的名字你可能聽說過，不過我說出來，你一定以為我在開玩笑，我以愛開玩笑出名……」

樂天再度張大口：「說來說去，你還是說……自己是神仙！」

樂天並沒有特別去注意那人所說的「我以愛開玩笑出名」，只是這樣叫了出來。

那人看起來有點無可奈何，攤著手：「是啊，我是神仙，我已經告訴過你了！」

樂天嚷著：「可是剛才你又說自己不是神仙！」

那人搔著頭，一副看來被樂天的話，逼得有點走投無路的樣子，他道：「我是神仙，不過，神仙其實不是神仙，唉，我都給你弄糊塗了！」

樂天哭笑不得，在那麼詭異的境地之中，竟然遇到了這樣的一個人！樂天苦笑道：「你倒真是夠詼諧的，連自己是什麼都不知道！」

那人一聽，陡然睜大了眼睛：「你說我詼諧？真是，人要洗脫惡名，竟那麼困難！」

樂天聽得莫名其妙：「詼諧算是什麼惡名？」

那人嘆了一聲，但是忽然又笑了起來：「給人說詼諧，說了幾千年，總有點討厭了！」

樂天仍然不知道他這樣講是什麼意思，他顯得十分焦躁，因為自從那個人突然這樣怪異地現身之後，他一直和那人在莫名其妙的題目上糾纏不清，對於他幻異的處境，一點幫助也沒有。

他不可控制地叫了一聲，雙手捧著頭，道：「天，我究竟遇到了什麼事？」

那人卻一副好整以暇的神態，笑嘻嘻地望著他：「我早就告訴過你了，你可以當自已遇到了神仙！」

樂天喘了一口氣，他知道眼前這個人，講的話雖然怪誕，但是邏輯性卻十分強，他的那句話，自已只要一搭上腔，兜來兜去，一定仍然回到老話題上，結果還是不得要領，一定得另外想法子來打破他那種兜圈子的談話方式，才能有進一步的發展！

所以樂天並沒有立時回答，只是在想著，該如何換一個方式交談才好。

在樂天思索的時候，那人笑了起來，指著樂天：「你這個人十分有趣，你不相信我是神仙，是麼？那是對的，其實我不是神仙。」

樂天幾乎忍不住要一拳向那人打了過去，那人翻來覆去，說著這種自相矛盾的話，已經好幾次了！那真是令人惱著急之極的事！

樂天還沒有揚起拳來，那人雙手亂搖，後退了一步，道：「別動粗，別動粗，我來慢慢對你說，來，先坐下來再說！」

那人說著，手揮了揮，身子略彎，向前用手推了一下，當他在做著這樣動作之際，他的周圍，根本什麼也沒有，可是當他手一推之際，卻突然有一塊相當平整的大石，被他推了過來，停在樂天的身邊。

樂天真是看得呆了，失聲道：「啊，原來你……是一個魔術師！」

那人笑著，搖頭，自己用一個大馬金刀的姿勢，向上坐了下去。

樂天這次，看得更清楚。他的身後，什麼也沒有。照他那樣姿勢坐下去的話，非一跤摔在地上不可。

樂天剛想提醒他，那人的身子又已坐下，而也就在那一剎間，他已坐在另一塊大石之上！

那塊被他坐住的大石，像是早就在那裡一樣！

樂天不住眨著眼，那人道：「你也坐下來，我們慢慢說！」

樂天只覺得思緒亂成了一片，迷迷幻幻，但是實際上卻又很清醒，這種感覺，真是奇特之極。他無法抗拒那人的話，也在石上坐了下來。

當他坐下來之後，他注視著那人，只見他深深地吸了一口氣，道：「看看我該用什麼樣的話來和你說話，你才比較容易懂些！」

他說著，抬頭望向上，雙眼睜得極大，也不知他在看著什麼。這時他的神情實在十分嚴肅，但不知為什麼，看起來總給人以一種滑稽可笑之感。

他忽然不出聲了，樂天感到很焦急，好幾次想要開口發問，但是每當樂天想要開口之際，那人總是在先一刻向他做著手勢，示意他不要出聲。

能突破空間限制的人

過了相當久，大約至少有二十分鐘左右，那人才呵呵笑了起來，道：「我明白了，我明白了！其實是完全一樣的，但是要用你聽得懂的話對你說，你才懂！」

樂天道：「你的話，我聽得懂！」

那人一瞪眼：「聽得懂？你懂了我說什麼嗎？」

樂天怔了一怔，不禁苦笑，答不上來。

那人所操的語言，口音聽來雖然很怪，但是他是聽得懂的。可是，自從和那人交談以來，那人說了些什麼，他又實在不明白！

這種情形，本來在邏輯上是講不通的，但是卻又實實在在發生著。

樂天只好苦笑，心想自己遇到的怪事已經夠多了，這也不算得什麼。所以他承認：「對，是聽不懂！」

那人像是因為在言語上佔了上風而顯得很高興，得意地笑著：「是啊，現在我明白應該用什麼話對你說，你才會懂，或者，光說話還不夠，還要弄點東西來，使你更容易明白！」

他說著，側著頭想了一想，一伸手，突然之際，在他的手中多了極厚的一疊紙。

和那人突然出現，和那兩塊大石突然出現一樣，那一大疊紙是從哪裡來的，樂天連猜都沒有法子猜，只好眨著眼，看著這種奇蹟。

那人把那一疊紙，放在地上，在他和樂天之間。

樂天向那一疊紙看去，那一疊紙，其實應該說一堆紙。紙的大小，如一般十六開的雜誌大小，但是紙數極多，有好幾千張，整齊地疊著，所以看起來，這一堆紙，是一個立方體。

更令得樂天奇訝的是，這一大疊紙，看起來，像是從印刷廠中，才搬出來的，還有著油墨的香味。紙上印著什麼，樂天一時之間看不清楚，像是有很多圖片，圖片中有很多人。

樂天的神情，充滿著疑惑，望了望那疊紙，又望了望那人。

那人道：「現在我開始向你解釋了，老實說，我還是第一次，用你能懂的話來解釋這件事，要是你還是聽不明白的話，只管問！」

樂天又苦澀地笑了一下，心想我什麼都不明白，在一團迷霧之中，想問也無從問起！但是那人說得十分誠懇，所以他點了點頭。

那人指著這疊紙，道：「最主要的關鍵是空間。」

樂天怔了一怔，在一個穿著古裝，自稱是神仙的人的口中，忽然冒出了「空間」這樣現代化的名詞來，總是令人覺得怪異的事。

那人忙道：「怎麼，我說得不對？」

樂天做了一個手勢：「請說下去，沒有什麼不對！」

那人笑了笑，道：「關鍵是在空間，像你，生活的空間，就像這些紙上的人一樣！」

他一面說，一面翻動了一下那疊紙，紙上的確印著很多人。

樂天皺著眉，用心聽著。

那人指著紙上的人：「這些人，如果是活的，是有生命的，能活動的，他們的活動範圍，就脫不了紙上平面的範圍，你明白嗎？」

樂天點頭：「我明白，你是說，我們的活動，是局限在一個空間之中的，無法突破。」

那人高興得有點手舞足蹈的樣子：「你真是一說就明白，現在可以進一步向你說明了！你看這疊紙，有許多張，是不是？實際上，空間是無限的，並不止一個，但是人卻只在其中一個空間活動。」

樂天不住點著頭。

那人直了直身子：「既然空間是無限的，如果有一種力量，可以使人突破空間之間限制的話，那麼，空間和時間的一切概念，都要改變了！」

樂天的眉心打著結，他迅速地把他所知的「四度空間」，「四維空間」等等的理論，在心中想了一遍，仍然惘然不解。

他用求助的神色望定了那人，那人嘆了一聲，道：「對於一直活動在一個空間中的人來說，的確是很難明白的，你不必多想別的，只要肯定有很多空間，而且，空間和空間之間的界限，是可以依靠某種力量突破的，那就足夠了！」

樂天道：「我可以接受這一點。」

那人拍手笑道：「現在你明白了，我，就是已經掌握了這種力量，可以隨意運用這種力量，突破空間限制的人。」

樂天急速地眨著眼，他要在心中將這段話重複了好幾遍，才明白它真正的意思，他指著那人，道：「你……你……可以在空間之間……自由來往？」

那人點著頭：「是的，我可以突然在你面前消失，其實我不是消失，只是在那一剎間，我突破了空間的界限，到了另一個空間而已。我可以隨時令一些東西出現，也只不過是把那些東西存在空間，作了一個轉換而已。看起來，我是變幻莫測的，於是，我就變成神仙了。」

樂天聽得目瞪口呆，半晌講不出話來。

神仙，原來傳說中的神仙，就是這樣，就是掌握了空間界限秘密的一些人！

樂天不由自主在喘著氣：「那麼，你……你們的這種力量……」

那人揮了揮手，道：「這可以押後討論，再說說我本身的情形，由於我可以在各個空間之中，自由來往。所以，時間對我來說，也是沒有意義的了，你應該知道空間和時間的相對，在空間中可以自由來去，在時間中的情形也是一樣。時間對我已經失去了極限的意義。所以，我的生命，不受時間的限制，或者說，在我的生命之中，根本沒有時間這回事！」

樂天吞下了一口口水，喃喃地道：「那就真是神仙了，真是了！」

那人攤著手，道：「可是事實上，我又不是神仙，只是一個人，和你一樣的，是一個人，不過我有了那種力量，所以我就是神仙！」

人人都可突破空間限制

樂天用力敲了自己的頭一下，現在他總算明白了，那人說他是神仙，又說他不是神仙，原來是這樣的意思。

那人做了一個十分可笑的神情：「事情就是那麼簡單，是不是？」

樂天喃喃地道：「簡單？哼，你是怎麼能夠掌握了這種在各個空間中自由來去，擺脫了時間限制的力量？」

那人「噯」地一聲，道：「這倒真的不簡單，現在機緣雖然不是很好，但是你總算是有機緣的人，你是不是也要學習掌握這種力量的法子？」

樂天只感到渾身發熱，聽那人的說法，他也可以學會掌握那種力量的法子，他可以在無限的空間中自由來去，他可以擺脫時間的控制，他可以變成神仙！

這對任何人來說，都是一個極度的誘惑，樂天又感到自己的心在狂跳，凝視著那人，一時之間，不知如何回答才好。

在樂天心頭狂跳之際，那人順手向那一厚疊紙一推，那疊紙在它的移動過程之中，就突然不見了，顯然又到了另一個空間之中。

樂天感到喉頭發乾，連舌頭也有一種被火燒過的感覺，他道：「我……也可以修成神仙？」

那人道：「在道理上來說——不，在理論上來說，每一個人都可以的。突破空間的限制，需要一種力量，這種力量，在任何空間之中，在宇宙之中，在每一個人的周圍都存在，那是一種奇特的能量，而要掌握這種能量，要依靠每一個人自己的精神力量。」

樂天用心聽著，重複道：「精神力量？」

那人道：「是，你可能不明白，所謂精神力量，就是一個人的意志力，也就是這個人腦部活動所產生的一種力量。這種力量，在平時，幾乎是不被覺察的，但是當一個人的精神，在摒除萬念，集中，高度集中之際，就會表現出來！」

樂天又感到自己像是置身於夢幻之中，他問：「每一個人都可以？」

那人笑著：「當然也要看這個人的腦部組織而定，用我們的術語來說，就是要有修仙的根基。根基好，事情就比較容易成功！」

樂天吞著口水：「我的根基怎樣？」

那個人作了一個怪臉：「我看不出來，那全然是靠你自己的，不過我發現你可能會很困難。因為，單是第一步，要你什麼都不想，集中你的精神，只怕你就做不到！不過我至少可以使你先和那七個人一樣！」

樂天嚇了一跳，向那七個人望了一眼，那七個人像是塑像一樣，除了隔老半天，才眨一眨眼之外，簡直和死人沒有什麼分別！

樂天失聲道：「他們……這七個人……是在學習掌握那種突破空間的力量？」

那人大搖其頭：「當然不是，他們和你一樣，自一個空間——你們本來活動的空間，進入了另一個空間之中——」

樂天的喉際發出了「咯」地一聲響：「我現在是在……另一個空間之中？何以我會突破了空間的界限的？」

那人側頭，想了一想，才道：「在空間和空間的中間，有一些地方，比較容易突破。世界上有幾處地方是這樣的，不過也得和日月星辰的運轉配合——嗯，應該說和宇宙天體的奇妙變化配合，才能有這樣的機緣出現。剛才你推開了那兩扇門，一步跨進那塊大石之際，便已突破了一層空間，你要回去，就很困難，說不定在一萬年之中，再也不會有同樣的機遇！」

樂天又感到遍體生寒：「你……是說我回不去了？」

那人道：「只是可能，說不定下一分鐘你就可以回去，說不定再等一萬年。當然，你遇到了我，情形不同，我隨時可以送你回去！」

樂天一聽得那人這樣說，大大鬆了一口氣，那人嘲弄似地笑著：「看，你一心只記掛著回去，對自己生活的空間那麼留戀，連這一點都不肯放下，如何能學到在空間中自由來去的本領？」

樂天被那人的話，說得非常尷尬，他解嘲地道：「如果弄得像那七個人一樣，不死不活，我看也沒有什麼好！」

那人呵呵大笑起來，人也站了起來，揮著手，袍袖飛舞，道：「那七個人有什麼不好？他們的根基之壞，我從來也未曾見過，但是他們的機緣很好，進入了另一個空間，現在，他們的時間限制，已經減少到最低限度，他們在這裡十年，等於他們在原來空間的一天！」

樂天又向那七個人望了一眼，對這七個人，他絲毫也沒有羨慕的心情。他道：

「像這樣子活著，就算活上一萬年，又有什麼用？」

那人搖頭：「不必一萬年，每四千九百年，就有一次機緣，最容易使人掌握那種力量。上一次那種機緣的出現，是在漢初前後，所以那時，能夠掌握突破空間力量的人最多，也就是成了神仙的人最多！」

樂天望著那人，那人又作了一個怪臉，道：「我已對你說過，時間，對我來說，並不存在，對你而言漢朝太遠了，但對我來說，和一天之前，一分鐘之前，一秒鐘之前，全然沒有分別！」

樂天嘆了一聲：「我得承認，我不是十分能夠瞭解這一點！」

那人「嗯」地一聲，道：「看來你修仙不成的了，我有什麼可以幫你的？」

樂天揮著手，道：「那個地洞，我沿著它下來的那些柱子，上面的那塊大石，石上的刻字……還有那兩個玉瑗，這……」

那人道：「這全是我做的事，在我們自己掌握了這種力量之後，我們都十分希望能把這種力量推廣，使更多人掌握這種力量，這個過程，叫接引，或者引渡。這個地洞，是空間與空間之間的一個弱點，能量配合得湊巧了，就容易有第一層的突破，所以我豎了一塊大石，有勇氣的人可以下來，試試是不是能突破第一層空間。

像你這樣，機緣很不錯，等到四千九百年一次的大機會來到，那你就可以——」

樂天急忙道：「像那七個人一樣等，等多久？」

那人道：「再等兩千六百多年就可以了！」

樂天深深地吸了一口氣，那實在是不可想像的事，真的，看起來，他是無法「修仙」的了。

那人也神情無奈地攤了攤手，像是安慰著樂天，道：「不過，你也不必太難過，你的機緣已經比別人好得多，那對『望知之環』，並不是普通的玉，是含有……一種微量放射性物質的礦物，那種微量的輻射，可以刺激人腦部的活動，使精神容易集中，那樣，就易於和無處不在的能量溶合，可以使你心中極其希望的願望，得到實現。」

樂天癡癡地聽，那人道：「用傳說中的話來說，那就是神仙給你的法寶了！」

樂天喃喃地道：「我……應該怎樣……使用它？」

那人像是感到十分滑稽地笑了起來，道：「沒有咒語，別上傳說的當，只要你集中精神望著它們好了，只要你真的把所有的思想活動，全都集中在這一點上，充塞在你周圍的能量，就可以使你達到目的！」

樂天感到有點迷茫，他突然問：「有的人，在集中精神之下，能夠令物體移動，甚至連金屬製的細小物件彎曲，也是由於不為人所知的能量的作用！」

那人高興道：「當然是，你終於明白了！這種能量是一直存在的，問題是怎樣通過腦部活動去利用它們而已！你不願像那七個人一樣，在這裡突破時間的低度限制，等上兩千多年？」

樂天十分吃驚，連連搖頭。

那人又勸道：「你不用聽到兩千多年就害怕，在感覺上，那不過是兩三天！」

樂天仍然搖著手，他無法理解這一點。兩千多年，等於兩三天，他無論如何不能理解這一點！

那人嘆了一聲，頗有失望之色，望著樂天，有點無可奈何地道：「不論怎樣，你能遇到我，總算是一樁奇遇。」

樂天苦笑了一下，沒有說什麼，心中在想：那真是奇遇！這樣的奇遇，要是講出來，不被人當作是神經病才怪！在這時，他已經決定，這一段經歷，是絕不能對任何人提起的。

年輕時的父親

樂天的思緒仍然十分亂，他道：「你說，時間對你已沒有意思的了？」

那人皺了皺眉：「應該說，在各個不同的空間之中，時間是不存在的！」

樂天有點挑戰地問：「那麼，你可以看到過去的事情了？」

那人笑了起來：「你還是不明白，既然時間不存在，還有什麼過去、現在和未來？我知道，有一批人，拚命在研究時間這個問題，他們說，如果有比光還快的速度，那就可以追上時間，看到過去的情形，這是生活在一個空間中人的想法。到了可以在空間中自由來去之際，就可以知道那種設想徒勞無功，而且永遠不能達到目的。」

樂天的態度有點固執：「我不能瞭解你的理論，只是問：你能使我看到過去的事情麼？」

那人做了一個手勢，請樂天提出來，他想看的過去的事是什麼？

樂天忽然想起了他的父親來，心想，不知道父親在求學時期的生活是怎樣的？自己對父親的瞭解，可以說再少也沒有了，彷彿父親就是文章、聲譽、書本的化身。如果能知道他過去的一些事，回去和他談起來，一定可以令他大吃一驚！

樂天那時候，想到這樣的念頭，純粹是出於一種遊戲的態度，他也真沒有預計到自己一定可以看到些什麼。

他把他的要求提了出來。

那人側著頭想了一會，道：「可以的，不過你要注意到，我現在運用力量，把你帶到另一個空間去，帶到時間不存在的境界之中。在這種境界中，人腦的活動所產生的微弱能量，起著決定性的作用。所以你看到你父親過去的情形，一定是他人腦活動最劇烈，那種能力放射得最多的時刻。」

樂天道：「我不明白，那種時刻的意思是——」

那人道：「一定是他腦部活動最劇烈的時刻，例如極度的高興，極度的悲傷，極度的憤怒之際，人的腦部，就會有反常的活動，在反常活動的時候，能量的放射，也比正常的時候為多。」

樂天有點明白，他道：「請……」

他本來想說「請施法術」的，但說了一個「請」字之後就住了口，神情多少有點尷尬，那人像是知道了他的心意一樣，笑了笑，道：「語言只不過是表達一種現象之用的。我們掌握的力量，稱之為法力，也沒有什麼不妥！」

樂天又尷尬地笑了一下，那人一揚手，樂天只感到身子突然震了一震，剎那之間，變得什麼也看不到了，四周圍只是白茫茫的一片。那只是極短時間內的事，緊接著，他眼前一亮，看到了景象。

事後，不論樂天怎樣拚命回想，都無法確定那時看到的景象是平面的，還是立體的。那是一種極其奇幻的感受，他自己彷彿像是也置身於那個景象之中，伸手可以碰到景象中的一切，但是他自己卻又像是不存在的一樣，當他伸手去碰景象中的一張桌子之際，他的手透桌而過，他並不存在於景象的那個空間，而是在另一個空間之中。

樂天當時所看到的，是一間十分簡陋、奇特的房間，那房間很小，很凌亂，堆了很多書，根本沒有床，只是在地上，鋪著一些被褥，有一張很舊的桌子，桌子上堆滿了書和紙張，有一盞昏黃的燈。

最令得樂天感到這間房間奇特的地方是，這間房間高度十分低，而且，天花板是傾斜的，一直斜向另一邊牆，最低的牆，只有五十公分高，而且，整間房間，一扇窗子也沒有！

儘管樂天見多識廣，但是他自小養尊處優，當然不知道這樣的一間房間，其實不是房間，只是一幢屋子屋頂和下一層之間的一個空隙，一般來說，只是用來堆放雜物之用的，可以稱之為「閣樓」；那就是當年，樂清和作為一個窮學生，在法國巴黎住的地方！

樂天看不到那房間有人，但不一會，他就看到，地板上有一公尺見方的一塊木板，被頂了起來，他這才注意到，這房間不但沒有窗子，而且也沒有門，地板上的那個方洞，就是進出之所。樂天看到這裡，心中不禁一陣難過，他再也想不到父親年輕的時候，生活過得那麼苦。

樂天當然不知道，他的家裡有用不完的錢，而樂清和只不過是一個普通工廠工人的兒子，家裡人口又多，如果樂天看到他父親童年時的生活，只怕在驚呆之餘，他會痛哭失聲。可是當時，樂天難過的心情並沒有維持多久，因為接下來發生的事，令得他極度震驚。

像瘋子一般

他看到那塊木板被頂開，一個面目十分清俊的年輕人，從那個方洞中鑽了出來。樂天看過他父親年輕時的照片，當然認得出那就是他的父親，他才看到自己的父親時，心中喝了一聲采！好一個青年，難怪自己的母親，那麼出色的美人會嫁給他！

可是，樂天立即注意到，樂清和的神情，是如此之可怕，別說他從來也想不到自己的父親會有那麼可怕的神情。事實上，這樣的神情，就算是顯露在一個毫不相干的人的臉上，也足以令人吃驚的。

樂清和站直了身子——他的身子相當高，一站直，頭就幾乎碰到屋頂，那還是屋頂最高的部份，他如果要向前走一步的話，就非得把頭低下來不可，要是走兩步，那就得彎腰了。

他站著，面上的肌肉在不斷地抽搐和扭曲，眼中射出一種怨毒，仇恨之極的光芒來，喘著氣，咬著牙，陡然之間，張開口，大叫了一聲。

樂天只看到形象，聽不到聲音。

隨著他的一聲大叫，他一伸手，自一張小几上，拔起了一柄尖刀來，那柄刀，看來是一柄相當鋒利的童軍刀，本來是插在那几上的。

他一拔刀在手，那種仇恨惡毒的神情，更是令人看了不寒而慄，樂天看得呆了，他絕不懷疑，如果父親憎恨的對象，就在他身前的話，他一定會一刀刺了過去。

樂天是如此吃驚，他不由自主，叫了起來：「爸，不要這樣！」

他不但叫著，而且伸手，想把他父親手中的那柄刀，奪了下來，可是他伸出手去，明明碰到了他父親的手腕，卻什麼也沒有抓到！

他這時才想到，自己在當時，是並不存在的，除了看看之外，他不能做任何事！

樂清和握住了刀之後，咬緊牙關，眼中的怨毒光芒更甚，看起來，簡直像是一條毒蛇一樣，他高高舉起刀來，用力一刀，向那几上刺去。

樂天這才看到，在几上，有著一幅畫在，那是一幅人像頭部的素描，鉛筆素描。樂天甚至可以從那種優柔細膩的筆法上，認出那是他母親的作品。

可是那人像的臉部，卻已經看不清楚了，因為畫上不知被刺了多少刀，已經把他的臉，刺得模糊了，只依稀可以辨出，那也是一個年輕男人的素描。

樂清和這時，像是瘋了一樣，一刀又一刀，向那張畫像刺去。樂天雖然聽不到聲音，但是樂清和每一刀刺下去，他都忍不住心中抽搐了一下。

樂清和不知刺了多少下，直到他的額上，青筋一根根綻了出來，汗水一滴滴落下來，他才用力插住了那柄刀，直起身子來，揮拳打向屋頂，一面不斷在叫著一句話。

樂天未能聽到聲音，可是樂清和在叫著的一直是這句話，樂天從口型上，「看」出了他在叫的是什麼，那更令得樂天全身發顫。

樂清和在叫著的是：「我要你死！我要你死！」

樂天在那時，感到了一陣昏眩。一個人，如果懷著這樣的怨毒，這樣的仇恨，要一個人死的話，那麼，他就真的一定會去殺那個人的了！

那個畫像上的人是什麼人呢？一直在自己印象之中，如此溫文儒雅，那麼君子的父親，曾經這樣子恨過一個人？

樂天看得心都快從口中跳了出來。

樂清和叫了好幾十聲，才雙手抱著頭，壓在鋪著的被褥之上，他把自己的頭抱得如此之緊，以致他的五官，擠在一起，令得他本來清俊的臉，看起來更是醜惡之極，但是自他臉上所透出來的那種痛苦的神情，直透入樂天的心房，樂天再也想不到，一個人痛苦起來，竟然可以痛苦到這一地步！

樂清和不但緊抱著頭，而且，身子縮成一團，他用盡全身的力量，在把自己的身子縮緊，像是這樣子做，就可以把頭內的痛苦擠榨出來一樣！

但是，他顯然未能達到目的，因為在他扭曲的臉上，痛苦越來越深，深到了樂天簡直無法看下去了。樂天陡然地叫了起來：「不要，我不要看，那……不是我父親！」

當他遮起了眼睛之後，他就聽到了那人的聲音：「你不要看，這就沒有了！」

樂天還有點不相信，喘著氣，慢慢將手放了下來，果然，眼前什麼都沒有了，仍然只有那個看來神態相當滑稽的，穿著寬袍的人在。

那人正凝視著他，問：「剛才你看到的情景，令你感到很不愉快？」

樂天實在不知道該如何回答才好。不愉快？那豈止不愉快而已！

那人又道：「世人總喜歡追究一些事的真相，其實，只要不知道，有這件事就和沒有這件事一樣。拚命設法去弄明白了，知道了，有什麼好結果？只是自尋煩惱而已！」

樂天默默地想著那人的話，過了片刻，才道：「那麼，如果我把和你相遇，當作是一種幻覺，那是不是沒有必要竭力去求證它？」

那人笑得十分歡暢：「哈哈，有點意思，你這小娃子有點意思。」

他一面說，一面拍著樂天的肩：「走吧，我送你出去，來！」

他站了起來，攜著樂天的手，向前走著，不幾步，就到了那七個一動也不動的人之間。

樂天想起剛才的經歷，道：「剛才我拚命奔馳，也跑不出那七個人所在的範圍，像是進了八陣圖一樣！」

那人笑著，道：「孔明的八陣圖，其實是一種最簡單的空間限制方法，利用了空間的限制，使人無法可以在一個範圍內逸脫，那是十分簡單的，所需要集中的能量也不太多！」

那人說著，望向樂天，一副想要樂天學學這種「簡單的空間限制法」的樣子。

樂天搖頭道：「那太玄妙了……我……我……」

那人也絕不勉強，道：「其實，人類總有一天，會用一種相當簡單，人人可以操縱的方法，來掌握充塞在宇宙中的那種種能量，突破空間的限制的，那時候，人人都是神仙，也就不會再覺得神仙有什麼稀奇了！」

樂天唯唯應著，那人已帶著他，走出了那七個人的範圍，看來他們要分手了。樂天真有點依依不捨，道：「說了半天，你究竟高姓大名？」

那人道：「我們談得投機，你可以稱我的字。」

樂天自然知道，中國古代的習慣，好朋友之間，是互相用「字」來稱呼，而不稱名的。他忙道：「謝謝你，我叫樂天，沒有字。」

那人揚了揚眉：「很好的姓名，你可以叫我曼倩。」

樂天聽著，答應著，也叫了一聲，那人一伸手，樂天感到像是有一股力量，在他的身後，撞了一下，他陡然向前跌出了一步。

等他站定身子之際，一回頭，他看到了自己，他已經站在那塊光滑如鏡的大石之前，石面上反映出他的身影來。

剛才的一切，就像是一場夢一樣，他拚命盯著大石，想再看見那七個人，他用手去推，伸出腳去，可是大石阻住了他的去路，他無法越得過去。

樂天盡量使自己冷靜下來，回想著剛才的一切。

剛才一切如果說是夢，那實在太真實了，說不是夢，難道——

他把右手按在石上，思緒茫然，叫著那人的名字：「曼倩，還能不能讓我再看一看你？」

他才叫了一遍，就陡地呆住了，一呆之後，不由自主，大聲叫了起來：「曼倩！」

這個聽起來很像是現代女性的名字，當那人告訴樂天，可以這樣叫他的時候，他並沒有什麼特別的感覺，只是順口叫了一聲。

可是這時候，他又叫了一聲之後，卻陡然想了起來，和自己在另一個空間中，交談了那麼久的那個人，是什麼人呢？

當然，曼倩，那是他的字，就是他，歷史上那麼出名的人！

決定不提「神仙」事

樂天在剎那之間，又墮入了如同夢幻一般的境界之中，他不由自主，笑了起來，笑得十分歡暢，因為他真的感到好笑！那真是大詼諧了，曼倩！

單提他的字，可能一時之間，還真的不容易想得起來，尤其是像樂天那樣，從小就受洋化教育的年輕人。樂天終於在第二次接觸到曼倩這個稱呼，就想起他是什麼人來，是由於他的父親是著名的學者，他從小也念過不少中國書的原故。他想了起來，那是東方朔的字！東方朔，複姓東方，單名朔，字曼倩！

東方朔不但是歷史上的人物，而且是傳說中的神仙，他個性滑稽，好詼諧，這是歷史上有著記載的，難怪當樂天提及詼諧時，他的反應那麼奇特！而在傳說之中，東方朔的神仙事跡更多了。

傳說中東方朔見西王母，西王母問他多少年紀了，他回答是：蟠桃三千年一熟，已經見過三次桃熟了。那是九千歲了麼？當然不是，時間對他已經是沒有意義的事了，九千年和九秒鐘一樣——不，根本沒有九秒鐘！

樂天一面想，一面搖著頭，剛才和他談了半天話的人是東方朔！他實在想告訴每一個人，但是他知道，他不能對任何人說！

他要是對人說的話，就算他一面說，一面指天發誓，或是使用任何方法，都不會有人相信他，絕不會有人信他曾和一個神仙通過話，不要說別人不信，連他自己也不相信！

他下定了決心，告訴自己：把這一切當作一場幻夢，當作根本沒有發生過！

在他第一次下定了決心之後，就一直在提醒自己，這是一場幻夢，這是一場幻夢！但是，真要完全相信那是一場幻夢，也不是容易的事。尤其是他「看」到的，自己父親年輕時的一個生活片段，他實在沒有法子相信那是他的父親！

父親為什麼整個人的每一個細胞都充滿了恨意？樂天甚至可以感到，那是一種極其卑劣的恨意。樂天也知道，這種恨意，是針對了一個人而發的，那個人是誰？他的畫像已經被小刀刺得稀爛，看不清了，而畫像是母親畫的，這個父親所恨的人，母親一定也認識！那是什麼人？為什麼從來也未曾聽到任何人談起過？

樂天隱隱感到在自己所不知道的事中，蘊藏著一個極大的秘密，他陡然感到了一股刺骨的寒意，他全然不知道那是什麼秘密，但是他的確而且感到了寒意。

在那一剎間，他想到的是：如果再有人進這個地洞來，那是一定有人會再進來的——在他寫了有關這地洞的報告之後。再進來的人，也有機會和他一樣，偶然地突破了一個空間的限制，也有可能和那個自稱是東方朔的人相遇，也有可能也在另一個空間中，看到他父親的那種樣子！

他陡然叫了起來：「不！不能再讓任何人進來！」

當他這樣叫的時候，他雙手緊緊握著拳，敲在那表面光滑如鏡的大石之上，當他這樣做的時候，他也看到反映出來的自己，滿頭滿臉全是汗，而且那種迷惘的神情，他絕不相信自己的臉上，會有這樣的神情顯露出來，但那又的確而且是他自己！

他一連叫了幾次，才聽到了阿普的聲音：「你在幹什麼？先生，你在幹什麼？」

樂天喘著氣，轉過頭來，看看阿普，當他看到了阿普之後，他才從夢幻一般的境界，回到了現實之中——或者說，他從全夢幻的境界，來到了半夢幻的境界。

他喘著氣，道：「沒什麼，阿普，沒什麼，你……一直在這裡？」

阿普道：「是啊，我……好像看到裡面有幾個人，是村子裡的人，後來又看不見了，連你也不見了，那七個人，他們一定被妖魔捉了去，囚禁起來，你不見時，我以為你也被妖魔捉了去！先生，快離開這裡吧！」

樂天問：「我……不見了多久？」

阿普惘然：「我不知道，我不知道多久，我只是知道一定要等你出現，我向上天禱告，要妖魔放你出來！」

樂天苦笑了一下：「謝謝你，我們走吧，對，這洞裡有妖魔，我們快走！」

樂天只好說「洞裡有妖魔」，他絕對無法向一個山區的無知印地安人解釋空間突破。事實上，即使是最好的科學家，也無法解釋這一點！

他和阿普，循著來路退出去，樂天並沒有忘記那玉環，他們來到了那些圓柱下的時候，樂天仰頭向上望去，他記得那「神仙」說過，這些圓柱，是他弄來的。樂天仍然無法知道那是什麼，他倒可以肯定，即使是現代的科技，也造不出這樣的柱子來。是不是他運用了突破空間，不受時間限制的方法，從幾百年甚至幾千年的未來世界弄來的？又或者是突破了空間的限制之後，從另一個星球弄來的？

樂天和阿普一面循著柱子向上攀去，一面仍禁不住不斷地想著。

當他們快攀到柱子的盡頭之際，樂天把隨身所帶的炸藥，綁在柱子上，校定了爆炸的時間。

考古學家或者探險家隨身帶著強力的炸藥，是必需的事，有時可以用來炸開因為年代久遠而被阻塞了的通道，有時可以便利發掘工作。不過樂天這時的目的，卻是想毀去這些柱子，使得沒有人可以再下到地洞的底層。

他估計爆炸的威力，就算不能炸毀那些柱子，也足可以令得地洞四壁大量坍方，一樣不會有人可以下來了。

到了柱子的頂端之後，失效了的無線電對講機，又恢復了功效。樂天想起一切電能的消失，他明白那是「神仙」所說過的，這個地洞中的未為人類所知的能量，比其他地方更強烈之故，這裡是空間和空間之間的「缺口」！

那種能，充塞在地球的任何角落，可以用人的意志，人腦產生的力量去控制！這實在是太玄妙不可思議的事情，但似乎又是事實！

一直到樂天和阿普回到了地面之上，他才知道自己在洞下已過了那麼久，他的決定沒有改變，他不向任何人透露在洞下的情形，包括他的父母在內。好幾次，他想問他的父親：「爸，你年輕的時候，憎恨過一個人，要他死去，那個人是什麼人？」

可是每當他想及這個問題之際，他就不由自主，感到了一股寒意，使他無法問出口。

他也明知，自己的報告是不完全的，一定會受到學術界的攻擊，但是他還是不能夠透露全部經過。他至少有那對玉瑗，那是「神仙」給他的，他沒有料到，他的母親會對之感到那麼大的興趣！

母親想透過那對玉瑗，知道一些什麼呢？樂天也沒有深究，每個人都有每個人的秘密，他不想去刺探他人心中的秘密，就像他不想有人來刺探他心中的秘密一樣！

三十年後舊地重遊

方婉儀很久沒有長途旅行了，那是她提不起這個興趣之故。樂清和不斷出外講學，每一次都要她同行，但她每一次都拒絕，到後來，樂清和自己一個人旅行，已成為慣例了。

方婉儀寧願獨自留在家中，當子女也不在的時候，她就一個人坐在起居室，怔怔地望著那隻滑翔機的模型，一手按著心口，那樣可以使她心頭的絞痛，比較可以抵受，一面回想當年她和封白一起在滑翔機上，浮沉於高空中的情形。

而當范叔看到這種情形時，總是不准任何人去驚動她，而他自己，則躲在門外唉聲嘆氣。

這一次，卻是例外，樂清和與方婉儀一起出門了。雖然在范叔眼中看來，兩人的神情都有點古怪，但他卻很高興，他想：畢竟那麼多年了！小姐嫁都嫁了樂先生，孩子也那麼大了，她不會再想著當年的事，一定已經漸漸淡忘了，不再記得了！

那自然只是范叔的想法，他怎能瞭解到方婉儀心頭的創痛，就算再過二十年，一樣還是和當年初受傷的時候一樣，隨時可以滴出血來！

為了舒適和被不必要的聲音干擾，他們兩夫婦包下了一架七四七頭等艙的上層。機上人員自然知道這對夫婦大有來頭，服務也格外殷勤，空中小姐聚在一起，竊竊私議，每一個都希望自己在方婉儀這個年紀時，仍然能有她一樣的美麗和那種雍容、高貴、典雅的氣質。

當然，沒有人可以看出方婉儀內心的創痛是如此之甚，連樂清和也不能。所以，樂清和對這次遠行，始終十分不滿。

方婉儀坐在靠窗口的位置上，飛機起飛之後，她一直只是怔怔地望著窗外。飛機飛行的高度相當高，望出去，是一片明藍的天空，成堆的白雲，在飛機的下面，高空是如此之明澈，看來毫無神秘可言，而實際上，卻是那麼神秘。

樂清和坐在和方婉儀隔幾個座位處，他注意到她一直在望著窗外。然後，他又看到她取出了兩隻玉瑗來，疊在一起，對著窗外，專心一致地看著。

樂清和按捺著心中的不滿，閉上眼睛，推下椅背，自顧自養神。

在巴黎下機，早有人準備好了車子接他們，當車子駛在他們熟悉的街道之際，方婉儀和樂清和都不出聲，直到車子遇上了市區的擠塞，開開停停之際，樂清和才問：「訂了哪一家酒店？」

方婉儀的回答是：「我那幢房子還在。」

樂清和陡地震動了一下，那幢房子，就是那幢房子，他們在大學時代，方婉儀在巴黎買的那幢房子！在那幢房子之中，有著太多值得回憶的事了，樂清和感到喉頭有點發顫，他竭力按捺著心頭的不滿，乾咳了一聲：「婉儀，這……又何必？」

方婉儀的聲音很平淡，好像那完全不關她的事情一樣：「既然來了，我想看看老地方。」

樂清和緊閉著嘴，沒有再說什麼，從外表看來，他十分平靜，但是內心思潮澎湃，已經令得他幾乎要炸了開來。

車子一直向前駛，街道越來越熟悉，在通向那幢房子的道路兩旁，梧桐樹比當年不知高了多少。樂清和不由自主，摸了摸鬢際，儘管他身體的健康狀況維持得再好，鬢際的白髮也越來越多了！

娶了方婉儀之後，這許多年的日子，對他來說，稱心滿意之極，那是他作為窮學生時，做夢也不敢想的生活！如今，又回到他過著喝白開水，啃硬麵包時代的地方來，那不能不使他感到不舒服。

然而，他的確感到不舒服，只是為了不想回憶那段窮困的日子嗎？樂清和感到喉際更是乾澀。

車子終於在屋子前停了下來，自從方婉儀離開之後，她一直沒有再回來過，屋子也一直空著，可是所有的僕人，仍然像主人在的時候一樣被僱用著，僕人在悠悠的歲月中，已經換了好幾批，原來的僕人一個也不在了，新來的僕人連主人都沒有見過，他們只是遵守著僱佣合約中的規定：「要盡力使屋子的一切，保持原狀。」

屋子被保養得極好，除了攀在屋外牆上的爬山虎看來更加濃密之外，和三十多年前，簡直沒有分別。

車子一停下，樂清和就注意到，方婉儀的臉上，現出一種如癡如醉的神采來，那令得樂清和的心中，又感到一陣刺痛！

在他和方婉儀結婚之後，他未曾在自己妻子的臉上，看到過這樣的神采，但是這種神采，樂清和卻絕對不陌生，當年，方婉儀和封白在一起的時候，她的臉上，幾乎無時無刻，不帶著這樣的神采。

僕人列隊在屋子的門口歡迎主人，一個穿著總管衣服的人過來，打開了車門，方婉儀直視著大門口，總管彎身道：「夫人，歡迎——」

可是總管的話還沒有講完，方婉儀已經向前奔了出去，她奔過了草地，奔上了石階，向屋子直奔了進去。

樂清和本來跟著跨出車子，可是當他看到方婉儀這樣情形之際，他僵住了，變成了一半身子在車外，一半身子在車內，弄得在一旁的總管，不知怎麼才好。

樂清和目送方婉儀進了屋子，才慢慢地跨出車來。這種情形，記憶中也有一次，樂清和記得，那次封白站在屋子之前，方婉儀自外回來，看到了封白，就是這樣飛奔著，撲進了他的懷中，然後，緊緊地擁在一起！

那時候，他，樂清和，在什麼地方？

樂清和也記得很清楚，他是站在門口的草地上，目擊著他們兩人熱烈的擁抱，在他站立處的旁邊，是一大簇玫瑰花，樂清和清楚地記得，當時自己垂著手，右手不由自主，緊緊地握住了一把玫瑰枝，枝上的尖刺，深深地陷進了他的掌心之中，可是他一點也不覺得痛！

樂清和慢慢向前走著，又來到了那一簇玫瑰花的前面，他深深地吸了一口氣，看看自己右手的手心，當年被花刺刺傷的地方，還留下淡淡的痕跡。看著那些痕跡，樂清和的心中，又升起了那股恨意！

這令得他自己也感到吃驚，他以為在封白不再存在之後，這種恨意已不會再有的了，可是如今他知道，這些年來，封白並不是不再存在，至少，一直存在於他的妻子，方婉儀的心中！

他心中的那股恨意，越來越甚，甚至和當年他站在同一地方時相彷彿了！當年，他望著方婉儀和封白相擁著，他心中的恨意，真能令得他整個人都炸了開來！而更令得他痛苦的是，他絕不能在表面上顯示出來，他還得維持著微笑！不知有多少次，心中的恨意，不能和臉上的微笑相配合，令得他臉上的肌肉僵硬、痠痛！

他恨封白，恨封白擁有世界上的一切，而他自己卻什麼也沒有！

樂清和知道，有封白，他絕沒有希望得到方婉儀！在方婉儀的心目中，除了封白之外，沒有第二個人！本來，這個事實還不足以令得樂清和這樣恨封白，其所以恨到了這種程度，是因為樂清和知道另一個事實，如果沒有了封白，除了他樂清和之外，也沒有別的男人，會被方婉儀看得上！

封白是他人生道路上最大的障礙，有封白，什麼都沒有，沒有了封白，是他！

每當樂清和在他的小閣樓上，想起方婉儀的時候，他簡直是瘋狂的，他想緊緊地擁著方婉儀，像把她吞下去一樣吻她，手指陷進她的白潤如玉的身體中，吮吸她最神秘的部位，在她身上發洩……

這一切，對於一個窮學生樂清和來說，並不是夢幻，而是相當接近的事實——只要世上沒有了封白這個人，那就是相當接近的事實。

樂清和在開始的時候，還只是單純由於對美麗的方婉儀的迷戀，他對封白的恨，也是瘋狂的，他每天都用小刀去刺封白的畫像。然後，就把自己的身子，緊緊縮成一團，幻想著懷裡擁著方婉儀。

漸漸地，當一次又一次痛苦的折磨，使他想到要結束自己的生命之際，他開始想到：世界上有太多的意外，要一個人在世上消失，並不是太困難的事！

如果封白突然在世上消失了……

每當樂清和想到這一點時，他就興奮得全身發熱！

封白如果消失了，他，樂清和就可以得到方婉儀！不但得到方婉儀的人，而且可以得到她擁有的天文數字的財產！

一個窮學生，儘管有著出類拔萃的才能，但是只靠才能來掙扎，只怕一輩子也無法享受到豪富的生活，如果方婉儀成了他的人，一切都垂手可得，他今後的歲月，就可以要多快樂就多快樂，那是無窮無盡的快樂。

他會不由自主地低呼：封白！封白！你去死！你必須死，只有你死了，我才會有快樂，有無窮無盡的快樂，你在，我就什麼都沒有，在痛苦的折磨下，我除了自殺之外，沒有第二條路可走！

樂清和的意念，越來越使他感到一點：一個人如果到了非結束自己的生命不可的時候，他就應該有勇氣去做任何的事！

而他所要做的事，就是使封白不再成為他一生今後悠長歲月，快樂泉源的障礙！

這種念頭初起的時候，他自己也不免感到吃驚，可是慢慢地，意念越來越是堅決，使他感到，非要這樣做不可！

為了自己今後的快樂，他非要封白不存在不可！

當他終於下定了決心之後，他記得很清楚，那時他躺在閣樓上，長長地吁了一口氣，把自己的身子盡量伸直，躺著一動不動。

樂清和長長吁了一口氣，抬起頭來，歡迎他們的僕人，在總管的率領下，還是不知所措地站著。樂清和向總管點了點頭，看起來，像是什麼事也沒有發生過一樣，緩緩地道：「很好，一切都很好！」

他一面說，一面向屋子走去。以往，他每次走上這屋子的石階之際，看起來像是十分歡樂，但內心的刺痛，真是難以形容。現在，他心中想：不該埋怨什麼了，一切都是那麼稱心遂意，真的不應該再埋怨什麼了！他大踏步走進了客廳之中。

心中滋生恨意

屋子內的佈置完全沒有變動過，樂清和才一走進來，總管就用銀盤子托著一隻信封，來到了他的面前：「緊急電報，早上才收到的！」

樂清和感到有點奇怪，電報是誰打來的？他隨手拿起了電報，問：「夫人呢？」

總管躬身回答：「夫人一進來，就直向樓上的臥室去了，現在還留在臥室中！」

樂清和的面肉，不由自主，抽搐了兩下，不過這種情形，是不會有什麼人注意的，他看起來還是那樣文雅，令人油然生敬。

方婉儀在臥室中，樂清和又不由自主乾嘸了一下，這幢房子，那間臥室，對方婉儀來說，一定有著太多的回憶。樂清和自然知道方婉儀和封白的關係。

這時，他微微抬頭向上，在想：方婉儀在臥房想什麼呢？是在想她把她的處女之身，交給了封白的情形？

想到了這一點，樂清和心中的恨意更甚，在不知不覺之間，把手中的那封電報，捏成了一團，令得在一旁的總管吃了一驚：「先生，你還沒拆這封電報！」

樂清和猛地覺得自己有點失去控制了，他吁了一口氣，把被他捏成了一團的電報攤開，拆開來。

看了電報的內容，他呆了一呆。

電報是樂天打來的，很簡單：「父母親，在我未曾到之前，母親萬萬不能用那對玉瑗，我會立刻趕來，一定要照我的話做。」

樂清和皺著眉，方婉儀到法國來要做的事，他始終是不贊成的。才到巴黎，已經令得他如此不愉快，要是再到那滑翔機的運動場，樂清和真想不出如何來掩飾自己心中的不快。

如今樂天來了這封電報，是不是可以使方婉儀打消原意呢？他拿著電報，向樓梯走去，上了一半樓梯，就大聲叫：「婉儀，小天有電報來！」

他叫了幾聲，就看到方婉儀出現在樓梯口上，看來像是什麼事也沒有發生過，仍然是那樣典雅，那樣高貴。

樂清和微笑著，在妻子的面前，幾十年來，他一直是那樣充滿著愛護，使方婉儀有時也感到，和他在一起，是可靠和安全的。

樂清和把電報遞給了方婉儀，方婉儀看了看，皺著眉：「小天又在玩什麼花樣？」

樂清和攤了攤手：「誰知道，看起來，像是十萬火急的樣子。」

方婉儀想了一想：「反正還有三天時間，等他來了再說也好，清和，記得我們以前常去的那家小餐室嗎？今天——」

方婉儀只講到一半，就沒有再講下去，因為她發現樂清和半轉過頭去，臉上現出很不自然的神情來。那家小餐室，所謂「我們常去」，是她和封白常去的！當時，他，樂清和，只不過偶然和幾個同學在一起的時候才去！樂清和心中的不愉快，到了幾乎要爆炸的程度，他想大聲說：「我倒想到那個小閣樓去看看！」

可是在一剎那間，他已把心中的不愉快，按捺了下來，淡然道：「好吧，那家小餐室叫作——」方婉儀也改了口：「我不想去了，還是在這裡試試廚子的手藝吧！」

樂清和仍然沒有異議：「也好！」

他說著，走上了樓梯，和方婉儀一起來到了臥室的門口，他只是向內張望了一下，深深地吸了一口氣，道：「婉儀，今晚我還是睡客房吧！」

方婉儀低下了頭，作為一個妻子，她應該拒絕丈夫的提議，但是這房間，在這間房間之中，她把自己獻給了封白，她又實在不想樂清和睡在這間房間中。

得不到方婉儀的回答，樂清和的心中，又像是被利刃刺了一下，他又找了一些不相干的話說著，然後，打電話回去問，知道樂天已經上了機，樂音聽的電話，她叫著：「哥哥不知在鬧什麼鬼？拉著范叔，神神秘秘講了半天話，忽然說要到法國來找你們！」

樂清和怔了一怔，范叔是知道當年的事的，他也在法國，封白神秘失蹤的那一天，他也在現場，是他把一切全部告訴樂天了？

可是樂清和仍然想不通，就算樂天知道了當年的事，為什麼要打這封電報來？

憶述當年之事

樂天在他父母離開之後，在自己的房間中徘徊，心中擺脫不了在地洞深處，看到過的父親那種充滿恨意的神情，心中越來越是疑惑。

母親在知道了那對玉瑗有神奇的力量之後，就堅持要到法國去。由此可知，她想知道的事，是發生在法國的，當年，在法國發生過什麼事呢？

為什麼父母從來也沒有在自己的面前提起過？當樂天這樣思索的時候，他還沒有想到去問范叔，而是范叔的聲音，忽然自樓下傳了上來，才陡然提醒樂天！范叔當年也在法國，在法國發生過什麼事，他一定知道的！

樂天深深地吸了一口氣，走下樓去，把正在大聲中斥一個粗心的僕人的范叔，拉進了起居室中，把他按下坐在一張沙發上，然後，他雙手撐住了沙發的扶手，面對著范叔，用十分嚴肅的聲音道：「范叔，媽到法國去了，事情十分嚴重，弄得不好，什麼怪事都可能發生。范叔，告訴我，媽到法國，想知道什麼？」
范叔被樂天的話，嚇了一跳，他只是略微遲疑了一下，就道：「小姐……一定……一定是想知道封少爺的下落，唉！那麼多年了……」
樂天怔了一怔：「封少爺？封少爺是誰？」
范叔一呆，知道自己說漏了口，可是這時候，再想不說，也來不及了，多少年來憋在心中的事，也想找一個人傾吐一下，甚至不必樂天再逼問，范叔就把他所知的一切，全都講了出來。
那是一個很長很長的故事，范叔又講得不是很有條理，等到講完，已經是夕陽西下時分了，一抹夕陽映進來，恰好映在起居室的一角，那隻滑翔機的模型上，在金黃色的陽光照射之下，即使是一隻模型，也像是充滿了神秘的意味。
樂天的心頭，像是在看一塊大石一樣。他明白了，明白那張被小刀刺得全是破孔的畫像是什麼人了，當然，那是封白！
他也立即可以明白當年的情形，有封白在，他的父親絕對娶不到他的母親！
樂天依稀、模糊地想到一些十分可怕的事，但是卻捕捉不到中心，或者說，他根本可以捕捉中心，但是他卻不願深想下去！

令他覺得可怕的是：在當年這樣的情形之下，他父親的恨意，是不是化為實際的行動呢？

封白是在駕駛滑翔機飛行之中失蹤的，可以說是一項意外。在這項意外中，人人都感到不幸，沒有人去懷疑什麼。

如果不是樂天曾「看」到過他父親那種充滿了恨意的神情和動作，他也絕不會懷疑什麼。但是這時情形卻不同，他可以肯定父親恨封白，恨到了人類感情中那個恨字的最高點！

那麼，封白的意外……

樂天想到這裡，不禁遍體生寒，不由自主，簌簌發起抖來，連他的聲音也在發顫，他再一次問：「那架滑翔機，一直沒有再出現？」

范叔唉聲嘆氣：「沒有，找尋的賞格，只怕到如今還有效！」

樂天陡然道：「進入了另一個空間！」

范叔全然不懂樂天在說些什麼，樂天也是突然想到這一點的，而接著，他想到的事，更令他駭然莫名，他一伸手，抓住了范叔的手臂：「快，快替我去打一封電報，打到法國去！」

樂天說著，拋下了一張紙，迅速地寫了電文，交給了范叔，不讓范叔再問，就推著他走了出去。

這時，樂天的思緒極亂，到了另一個空間，在地洞之中，那個「神仙」說過，在地球上，有些地方，空間和空間之間的界限，比較脆弱，在偶然的因素下，比較容易突破，會使得人或物體，進入另一個空間！

他在那個地洞中的遭遇，就是如此，而他也知道，所謂百慕達神秘三角區，那裡經常有船隻或是飛機，莫名其妙地神秘失蹤，也一定是由於這個原故。

那麼，封白的滑翔機，會不會也在高空飛行之中，突破了空間的界限，到了另一個空間之中？

那是有可能的事！

作為一個探險家，樂天對於阿爾卑斯山也並不陌生，他相信，如果一架大型滑翔機，是墜毀在山區的話，在大規模的搜索之下，是應該可以發現一些殘骸的！

而什麼也沒有發現，連人帶機，就像是在空氣中消失了一樣，這說明了什麼？

如果真的是衝破了空間的界限，這許多年來，封白和他的滑翔機，一直在另一個空間之中，既然衝破了空間的界限，也就沒有時間的存在，對旁人來說，已經經過了三十多年，對於在滑翔機上的封白來說，根本沒有時間，三十多年和三分鐘，也就沒有分別！

樂天深深地吸了一口氣！那對玉瑗，是含有特殊放射性物質的，可以使人腦部活動，更方便去聚集能量，如果這對玉瑗，和母親集中心思之後，所產生的力量，使得封白又回到原來的空間，那將怎麼樣？

這實在是一個無法想下去的問題！

在這個空間中，已過去了三十多年，什麼都不同了，但是對封白來說，卻只不過是一剎間的事！

山中方七日，世間已千年！

封白回來之後，能接受忽然已經過了三十多年的這個事實嗎？母親怎樣呢？范叔說封白失蹤之後三年，母親才結婚的，要是封白又再出現了，那又會是怎樣的一個情形？

樂天越想越是混亂，但至少有一點，他知道自己是做對了的，那就是打了電報去阻止，但他想到，那只怕阻止不了，自己還得去一次！

正當他想到這裡的時候，樂音跳跳蹦蹦走了進來，樂天吸了一口氣：「小音，我立刻要到法國去！」

樂音怔了一怔，但是她對於哥哥的行蹤飄忽，也已經習慣了，她沒有表示什麼，只是點了點頭：「好啊！」接著，她又笑了起來：「哥哥，對於你的那篇報告，我只對蜜兒有興趣！」

樂天一怔：「蜜兒，誰是蜜兒？」

樂音叫了起來：「你怎麼了？就是那個被你送到波哥大去，你要讓她過現代豪華生活的印地安小姑娘！」

樂天淡然一笑：「我早就忘了她的名字——」

樂天眨著眼，抬起頭來，想了片刻：「我連她的樣子也忘記了！」

樂音不出聲，只是盯著他看，樂天揚眉：「怎麼？我做錯了什麼？」

樂音嘆了一聲：「哥哥，你害了她！我敢說，蜜兒現在的日子當然過得很好，但是當她知道她在你的心中根本沒有地位之際，她會寧願自己是一個生活在山區的村姑！」

樂天叫了起來：「我不知道你在說什麼，這個……小姑娘，你說她……那太滑稽了！」

樂天揮著手，不再理會樂音，拿起電話來，訂了機票，半小時後，他已經向機場出發了。

樂音看著她哥哥跳上車子，疾駛而去，不禁又搖了搖頭。她並沒有見過那個印地安小姑娘，只是在樂天的記載中認識了她，可是憑她女性特有的敏銳感覺，她卻知道這個小姑娘會對樂天產生感情的，樂音十分同情這個一步登天，生活陡然改變了的少女，因為她知道，生活的改變，並不能給她帶來快樂！

令人欣羨的夫妻

樂清和與方婉儀雖然在法國，可是他們的生活，看起來也沒有分別，兩人之間的關係，已經贏得了所有僕人的一致欣羡！那麼要好的一對夫妻。

從表面上來看，他們的確是世界上最要好的一對夫妻，但是實際情形如何呢？除了他們自己之外，根本不會有別人知道！

第二天下午，當樂清和在花園，修剪著一簇玫瑰花，方婉儀在遮陽傘下坐著的時候，一輛車子幾乎是直衝進來的，車子停下，樂天自車中跳了出來，叫道：「謝天謝地，你們還沒有到南部去！」

樂清和皺著眉：「小天，你究竟在鬧什麼鬼？為什麼不能去？如果你有特別的原因，可以說服你的母親，那我們就不去！」

方婉儀已慢慢地走了過來：「他不可能有理由說服我不去的！」

樂天做了一個手勢，抬頭看了一下那幢房子，他還是第一次看到這幢房子，雖然在范叔的敘述中，他對這幢房子，不能說是陌生。他道：「我們進去說，好不好？」

樂清和放下了手中的花剪，挺直了身子，方婉儀略皺了皺眉，三個人一起走了進去。才一進客廳，樂天就指著一張沙發，道：「爸，這就是你當年喝醉時常睡的那張沙發？」

樂天這句話一出口，樂清和首先震動了一下，但是他立時恢復了鎮定：「是的！」他在頓了一頓之後，又道：「那比我睡的那個閣樓，要舒服多了！」

方婉儀嘆了一聲：「范叔是怎麼一回事，對孩子胡說八道了一些什麼？」

以方婉儀來說，這樣責備的語氣，已經是十分嚴厲的了。

反倒是樂清和，淡然道：「孩子已經大了，知道了也不算什麼，而且別怪范叔，他已經忍了三十年不說，那真不容易！」

樂天也道：「是啊！媽，這根本不算是什麼秘密，為什麼不讓我們知道？」

方婉儀緩緩地轉過身去，什麼也沒有說，甚至沒有發出任何嘆息聲來。

樂清和沉聲道：「那是極……令人傷感和不愉快的事。當然沒有什麼秘密，但既然如此傷感和不愉快，就沒有人願意提起它！」

樂天不以為然：「可是一直藏在心裡，媽知道了那兩隻玉瑗有神奇的力量，立刻就想到過去的事！」

方婉儀背對著他們父子二人，她的聲音有點發顫：「小天！」

樂天嘆了一聲，停了片刻，才道：「爸、媽，你們先聽聽我在那個地洞中……的遭遇，我們再來討論一下可能會發生的事。」

樂清和坐了下來，方婉儀仍然站著，樂天道：「媽，你不坐下？」

方婉儀只是向後擺了擺手，沒有出聲。

當作是笑話

樂天就開始講起他在那個地洞中的事，他從自己一下子越過了表面光滑如鏡的大石說起，說得十分詳盡。可是他卻故意隱去了他「看」到過樂清和在閣樓中，用小刀刺封白畫像的那一段。

當樂天說到，地洞下他遇到的那個人，告訴他可以稱他為「曼倩」時，一直在用心傾聽的樂清和，突然「哈哈」大笑了起來。

樂清和的笑聲，令得一直站著的方婉儀，坐了下來，她的臉色，看來十分蒼白。樂天給笑得有點尷尬，望定了他的父親。

樂清和不住笑著，甚至笑得嗆咳了起來，好一會，他才轉著眼角，道：「小天，你可知道什麼人的名字是曼倩？」

樂天道：「我知道，歷史上著名的一個人物，東方朔，字曼倩！」

樂清和再度爆發出笑聲，看來他並不是做作，而是真正感到好笑，他一面笑，一面指著樂天，向著方婉儀，道：「婉儀，你看看這孩子，他自以為他遇到了東方朔，並且還和他談了話，哈哈！小天，幸而你沒有把這一段經歷寫出來！」

方婉儀並沒有附和樂清和的話，也沒有提出她自己的意見，只是不出聲。

樂天更是狼狽：「爸，這是我的親身經歷！」

樂清和用十分堅決的語氣道：「這是你的幻覺！」

樂天大聲道：「不是！」

樂清和嘆了一聲，神情已經有點惱怒了，他沉聲道：「當然是幻覺，你不可能遇見一個幾千年前，只存在於歷史記載中的人！」

樂天道：「如果超越了空間，也就沒有時間的存在！」

樂清和「哼」地一聲：「這種話，是東方朔告訴你的？別胡說八道了！」

樂天漲紅了臉，父親的一再不相信的態度，令得他衝動起來，他大聲道：「不是胡說八道，不是幻覺，他還令我看到了超越空間的一件事實，這件事，除了當事人之外，只怕是誰也不知道的！」

樂清和冷冷地道：「當事人是誰？」

樂天用力一揮手：「爸，是你！」

樂清和陡地震動了一下，霍然站了起來，臉色可怕到了極點。

樂天從來也沒有看到過父親的神情如此可怕過，那令得他不由自主，向方婉儀靠近了些，方婉儀握住了他的手，樂天只感到母親的手心，全是冷汗。

封白回來了？

客廳中突然靜了下來，一時之間，誰也不說話，樂天後悔剛才一時衝動，他不敢望向父親，只是向方婉儀望去。

可是方婉儀卻一直低著頭，只是緊握著樂天的手。

難堪的沉默，大約維持了一分鐘，才由樂清和的一下「哈哈」打破。

樂清和接著問：「那你看到我，做了些什麼？」

他的「哈哈」一聲，和他的笑聲，多少都帶著乾澀，樂天直到這時，他嚥了一下口水：「沒有什麼。」

一直不出聲的方婉儀，這時突然叫了一聲：「小天！」

樂天心中苦笑，他知道自己要說謊，或是要掩飾什麼的時候，瞞得過別人，瞞不過自己的母親。

但這時，他又絕不想說出他「看」到過去的情形來！

他假裝沒有聽到這一下叫喚，急急地道：「我覺得，空間轉移的可能是存在的！不管我遇到的那個人是什麼人，空間轉移的理論，一直存在！」

樂清和淡然地道：「小天，你說了半天你的遭遇，究竟想說明什麼？」

樂天深深吸了一口氣：「我想說，當年失蹤的那架滑翔機——」

他才講了一句，方婉儀就發出了一下驚呼聲：「小天，你是說，滑翔機突破了空間的界限，到了另一個空間之中？」

樂天又吸了一口氣：「是，這是我的結論！」

方婉儀仍然緊握著兒子的手，她的聲音，顫抖得厲害：「那……就是說，如果空間的界限再被突破，他……他會回來？」

樂天道：「理論上是這樣！」

樂清和提高了聲音，他的聲音聽來低沉而尖銳，與他平時的聲音不同：「婉儀，你有沒有想過，真要是這樣，他回來了，怎麼樣？」

方婉儀深深地吸了一口氣，在封白失蹤的三年之後，在她已成了樂清和的妻子之後，她從來也未曾再想到過封白有可能會回來！

但是造化弄人，在隔了三十多年之後，雖然還很虛玄，可是這個問題，竟又被提了出來！方婉儀的情緒，實在無法承受這一點！

她只是張著口，急速地喘著氣，樂清和又道：「照小天的理論，空間和時間是相對的，他……一直超越著時間的限制，要是他真的回來了，在我們來說，是過了三十多年，但對他來說，只過了一下子，他……他會比小天更年輕！」

方婉儀發著抖：「別……再說下去……我……我……受不了……」

樂清和卻一直說著：「只是說說，可能性也不過是萬萬分之一，你已經受不了！」

他說到這裡，聲音變得柔和，來到方婉儀的身前：「想想，如果那真成了事實，你會更受不了！」

方婉儀一面低著頭發抖，可是淚水卻已一滴一滴，落在她月白色的綢旗袍上，化了開來，成為一團一團深色的不規則的花紋。

樂清和取出了手帕，輕輕去抹拭方婉儀的眼淚，樂天在一旁皺著眉，方婉儀很快就回復了常態，抬起頭來，她甚至又現出了一個淡然的笑容，幽幽地道：「人到老了，總會懷舊的……」

她頓了一頓，才又道：「小天的遭遇，十分奇特，是不是？」

樂清和悶哼了一聲，沒有表示什麼意見，方婉儀又道：「我想，那對玉瑗，未必真能夠使我知道什麼，法國南部的天氣很好，既然已經來了，沒有理由不去走走，想想當年的情形。」

樂清和轉身走了開去，講了一句很富有哲學意味的話：「世界上大多數事，不知道真相，比知道真相更好得多！望知之環，如果真能使人知道一切真相的話，那它不是帶來快樂的法寶！」

方婉儀聽了之後，低聲說了一句話，那句話她說得聲音十分輕，樂清和根本沒有聽見，連就在她身邊的樂天也沒有聽到。

事實上，方婉儀也不想任何人聽到她說的那句話，她是說給自己聽的，她說的是：「快樂？早就沒有了！」

樂天有點心急：「媽，你還是要去？」

方婉儀十分優雅，但是卻也十分堅決地點著頭：「是，小天，你想得太多了，我從來沒想到要什麼人再出現，這是不可能的事，我只不過想懷念一下過去。」

樂天向他父親望去，樂清和皺著眉，他心中十分惱怒，但是他在表面上卻並不顯露出來，只是淡然道：「既然這樣，我們明天就出發。」

樂天嘆了一聲，他已經盡了力了。他把自己在地洞中的遭遇，講了出來，希望可以令母親不再前去當年的傷心地，因為到時可能會有可怕的事發生。

可是方婉儀是那麼堅決，看來再也沒有什麼話可以打動她。樂天的心中，甚至感到，他母親在聽了他這番話之後，更加想去，更加想「望知之環」能發揮神秘的力量，想封白會回來。

至於如果這種事發生了，結果會怎樣，她是根本不會去想的。

樂天雙手互握著，神情十分難過，樂清和來到他的身前，在他肩頭上輕輕拍了一下，父子二人，慢慢地來到了花園中。

當他們站定之後，樂天看到父親的臉色，十分陰沉，他心頭劇烈地跳動起來，果然，樂清和已開始問：「剛才你說在地洞中，由於空間的轉移，看到了一些事……你看到了什麼？」

樂天並不善於說謊，開始時，他只是緊抿著嘴，一聲不出。

樂清和卻在向他施加壓力，冷笑著：「你想用一個例子，來證明你在地洞的遭遇是真實的，不是幻覺，可是你卻說不出這個例子的內容！」

樂天立時道：「我可以說出來，但不想說！」

樂清和冷冷地道：「事情和我有關？你看到的事情，令你很不舒服？」

樂天用力點著頭，樂清和仰起了頭：「你究竟看到我在幹什麼？我看那也是你的幻覺？」

樂天急速地喘著氣：「或許是，我看到……看到你的臉上，你的全身，充滿了恨意，用一柄小刀，把一個人的畫像，刺得稀爛，那畫像中的人，就是封白。」

樂清和站著，一動也沒有動過，完全看不出他聽了樂天的話後，有什麼想法。他又問：「沒有了？」

樂天有點僵硬地回答：「沒有了。」

樂清和不屑地笑了一下：「小天，我說一切全是你的幻覺！我沒有做過這樣的事，封白是我最好的朋友，在他失蹤之後，我曾經不止一次想過，為什麼當時在滑翔機上的不是我，我寧願替代他失蹤！」

樂清和一面說著，一面輕輕拍著樂天的肩頭。他的話是那麼誠懇，令得樂天也迷惘起來。一切，全是自己的幻覺嗎？

像變成野狼一樣

樂天並沒有注意到，樂清和的神態語氣，看來都是那樣鎮定，他的手也沒有發抖，可是他手背上的血管，卻凸起老高，而且在隱隱跳動著。

外表鎮定的樂清和，心中的驚懼，實在已到了極點！

他把方婉儀替封白畫的那幅速寫像要了來，放在桌上，每天受痛苦和恨意煎熬的時候，就用小刀刺著畫像來發洩。當時，他甚至毫不懷疑自己，如果面對的不是封白的畫像，而是封白本人的話，他手中的小刀，一樣會刺出去！

可是這件事，除了自己之外，絕不應該有任何人知道的！

他住的那個小閣樓，根本沒有人願意上去，連房東也不願上去，他在那個小閣樓之中，一個人做的事，絕不會有人知道的！

就算不小心，被人知道了，那知道的人也不可能是樂天，因為樂天那時，根本未曾出世！

樂清和聽得樂天那樣講之後，全身的血液都快凝結了，他表面上看來，十分鎮定，可是內心的害怕，卻到了難以形容的程度！他可以控制著自己，不讓自己的手發抖，但是他卻無法控制體內的血管，因為血液急速奔流，而變得粗大！

當他看到自己的手背上，血管呈現著如此可怕的擴張時，他又吃了一驚，連忙縮回手來。

樂天吁著氣：「爸，當時我真嚇壞了，我曾叫道：這不是我的爸爸！」

樂清和的支持已快到了極限，他的喉際，乾渴得如同火燒一樣，他勉力道：「別再討論這種無聊的事了，陪你媽媽去！」

樂天答應了一聲，緩緩走了開去，樂清和半轉過身，汗水已經循著他的額頭，直淌了下來。他看出去，所有的東西，都在急速旋轉，令得他站立不穩，他連忙閉上眼睛，伸手扶住了一株樹！

不是幻覺！樂天在地洞中的遭遇，不是幻覺！樂清和立時感到了這一點，要不然他不可能知道自己當年在小閣樓中做過這樣的事！

樂天在地洞中，真的曾突破過空間，而且，遇到了一個可以在空間中自由來去的人！

這一切，全是事實！那樣說來，這兩隻「望知之環」，真有可能具有某種力量，使人知道想知的事！

樂清和感到全身都被汗濕透了！通過「望知之環」，方婉儀能知道他的秘密？如果方婉儀知道了他的秘密的話，那麼……

樂清和又感到一陣昏眩。

他深深地吸了一口氣，竭力使自己鎮定下來，再一次告訴自己：「不，不會的，這個秘密絕不會有人知道，幸而樂天看到的，不是這個秘密！」

當他這樣告訴了自己幾遍之後，他心境又漸漸平靜了下來，在花園中踱了片刻，才走進屋子去。

屋子裡，看來很平靜，方婉儀在彈著琴，節奏相當特別，樂天在一旁聽著。樂清和也坐了下來，不一會，他就明白方婉儀在彈奏的，是日本音樂家篠原真的作品，節奏十分奇幻、激動，這是方婉儀用鋼琴奏出來，一個個音符，像是直敲進人的心坎中一樣。

樂清和想在方婉儀的神情中，看出她在想些什麼，但是方婉儀完全沉醉在音樂之中，她修長瑩白的手指，一下又一下敲在琴鍵上。當年，屋子之中全是年輕人的時候，喧嘩聲可以震聾人的耳朵，但只要方婉儀一在鋼琴前坐下來，揭開琴蓋，所有的喧鬧聲全會靜下來。

樂清和記得很清楚，每當這時，封白一定在方婉儀的身邊，而他則一定躲在樓梯的那一個角落，盡量不引起人的注意，掩飾著他內心的感情。

只有一次，一個同學告訴他：「清和，剛才你是在聽音樂？可是你的眼光，簡直就像是餓狼一樣，我真有點害怕你會忽然化成野狼，撲出來把封白咬死！」

當時樂清和心中也十分害怕，但是他是那樣善於掩飾，所以很容易地就應付過去。自那次之後，他更加小心，不使自己的感情洩漏半分。

這時，樂清和坐在沙發上，點著了煙斗，徐徐噴出煙來，方婉儀成為他的妻子已經三十年了，他終於達到了當時認為不可能達到的目的，得到了方婉儀，得到了一切。已經得到的一切，是不是會再失去？

看情形，樂天並沒有對他的母親說什麼。要樂天相信他在地洞中的遭遇全是幻覺，那自然是不可能的，但是他也不會向別人說起。那麼，秘密就可以永遠保持下去，他，樂清和，仍然是幸福的、快樂的人，這一切幸福快樂，全是由於封白的失蹤而引起的。

樂清和也曾不止一次地問自己：封白究竟到什麼地方去了呢？

開始的時候，人人都認為封白和他的滑翔機，在阿爾卑斯山區墜毀了，樂清和也這樣想，而且，一個月、兩個月找不到封白，樂清和心頭狂喜，那是他想像之中，最好的結果！

幾個月後，就算再發現滑翔機的殘骸和封白的屍體，由於時間隔久了，山中的鷹和野獸，會殘害封白的屍體，那就萬全了。

可是在幾個月之後，一年之後，封白和他的滑翔機還沒有被發現，這事情就有點古怪了，封白到什麼地方去了呢？沒有人可以提出答案來，有的，只是種種的假設。

幾年之後，樂清和反倒不擔心了，沒有一個人可以失蹤了幾年，仍然生存在世上的，封白若是還生存，一定早就出現了。

樂清和生命中的障礙已完全沒有了，他放心地享受著一切，包括美麗得如此令人心動的妻子。

可是，如今樂天卻提出了「空間轉移」的解釋！本來，這是全然不可信的，但是樂天又曾「見」過他用小刀刺封白的畫像！

這使得樂清和不能不考慮到空間轉移的可能性！

當年，封白的滑翔機，由於偶然的因素，穿破了空間的界限？

如果是這樣的話，這許多年來，他和他的滑翔機，一直在另一個空間中飄蕩？在那個空間之中，如果是沒有時間限制的，那麼，封白是死，還是活？

封白是死，還是活？這個問題，只存在於樂清和的心中，不會存在於他人的心中。

因為樂天的理論如果成立，三十多年，對封白來說，是沒有意義的，在封白而言，他可能只是過了三小時，或者更短，如果再能突破空間的界限而「回來」，當然不存在生或死的問題。

可是樂清和卻不同，因為在三十多年之前，他所做過的事情，只有他一個人知道！

樂清和一想起，握著煙斗的手，手心在冒汗，他努力想不去再想它，這些年來，他一直在努力不去想它，可是如今，看來所有的努力都白費了。

琴音還在一下又一下敲擊著，樂清和記得，終於使自己下定決心的那個晚上，也是方婉儀在彈奏了一曲之後，在眾人的掌聲之中，封白湊過去吻方婉儀，他們兩人的嘴唇互相接觸的那一剎間。

樂清和在樓梯下的角落中，看到了封白和方婉儀的四目交投，四唇相接，他的心中，如同被利刃刺進去，又在擰轉一樣。

在那一剎間，他下定了決心：要是世上還有封白在，我就不必活了。而我還想活下去，所以唯一可以做的是，把封白除去！

周全的殺人妙計

要令得一個人在世上消失，有兩種意思。一個是：這個人整個都不見了，變得無影無蹤。另一個是：令得這個人死亡！使他的生命消失，使他的身體變成屍體。

心思縝密的樂清和想過，他要封白不成為他的障礙，只要令封白的生命消失就可以了。

用一句最簡單的話來說：他要封白死！

每一個人都會死的，可是自然的死亡，什麼時候會降臨在封白身上？三十年後？五十年後？那時候，他也已經渡完了一生了。

所以，樂清和知道自己，一定要做一點事，使封白的生命，早日結束，儘快的結束。

也就是說：他要殺死封白！

要使一個人的生命提前結束的方法，有上千種，樂清和幾乎每一種都考慮過。有幾次，他和封白兩個人，封白已經有了六七分酒意，樂清和只是看來有酒意，而使自己保持著清醒，他們在巴黎的小巷子中歪歪斜斜地走著，夜深人靜，樂清和知道，只要一下動作，就可以使封白倒地不起。

要使封白倒地不起容易，要使封白死，一千多種殺人方法之中，每一種都可以用，問題是在於，他，樂清和，一定要和封白的死，一點也扯不上關係！

他可不想除去了封白之後，自己在監獄之中，度過剩下來的日子。

樂清和要找的，是一個十全十美的計劃，這個計劃，不能有半點破綻，要在封白死了之後，沒有一個人懷疑到封白的死，和他有關！

十全十美的謀殺，這只怕是有人類犯罪史以來，每一個兇手都夢寐以求的方法，可是好像沒有什麼人求到過。樂清和開始在圖書館中，尋求犯罪的記錄，那使他的信心加強，他從統計數字上知道，即使是很明顯的謀殺案，兇手被捕的，也不會超過百分之五十。

不過他當然不會去冒這百分之五十的險，他連萬分之一的險也不冒，他一定要萬分之一的破綻都沒有。

封白的死，必須是任何人看來，都是意外——這是樂清和訂下的第一個原則。

當樂清和訂下這個原則之際，完全沒有人知道，封白更不知道，那時，封白和樂清和之間的友情，正越來越深，任何人看起來，都會認為他們是最好的朋友！

天衣無縫的設計

樂清和的掩飾和做作功夫極好，每當他和封白開懷大笑之際，他心中想的是：我要你死！我要你死！你死了之後，我就有一切，我就有無窮無盡的快樂！有你在，我就什麼都沒有！

「意外死亡」的原則訂下了，但是，如何促使「意外」的發生呢？樂清和設計了上百種方案，他沒有留下一個字，每一種方案，都留存在他的腦中，他有著過人的記憶力，這是他成為名學者的條件之一。

每一個方案，看來都是有破綻的，正當樂清和以為世上幾乎沒有十全十美的謀殺之際，他們一起來到了法國南部的那個滑翔機俱樂部，參加了大型滑翔機運動。

當樂清和看到封白和方婉儀，並肩坐在特製的雙人滑翔機之中，升上天空之際，他一直仰著頭，看著越升越高的滑翔機。

開始的時候，他心中的妒意和恨意沸騰著，但是他立即想到，如果封白駕著滑翔機升空，在高空之中，失去了控制滑翔機的能力，那麼，滑翔機就會隨著氣海亂飛，而且也無法安全降落！

駕駛滑翔機出了意外，這是最名正言順的意外，絕不會有人懷疑那是謀殺。

樂清和為自己終於找到了封白「意外死亡」的方式，而心頭狂跳！

封白和方婉儀當然仍是什麼都不知道，他們一次又一次共同升空，在高空中，享受著無比的歡愉。樂清和則默默地在計劃著。

有什麼辦法可以令得封白在高空中，突然失去了控制能力呢？樂清和自己對滑翔機也已十分熟悉，他知道在高空控制滑翔機，不但要運用智力，而且，還要付出相當的體力。

如果一個滑翔機的駕駛員，在高空飛行之中，忽然心臟病發作了，那結果會怎樣？

封白健康得像一條牛，心臟自然不成問題，可是，有好幾種藥物，如果長期服食，再一下子服食大量的話，就會死亡，死亡的情形，就和心臟病猝發一樣！

由於封白的每次飛行，都和方婉儀在一起，樂清和自然不能冒這個險，他只是開始，用各種方法，去獲得那種藥物，每當和封白喝酒時、飲食時，就放進少量。他的行事十分小心，神不知鬼不覺。

聯絡歐洲各大學之間，進行一次滑翔機飛行比賽，是樂清和的暗示之下，由封白去進行的。

當比賽進行的時候，樂清和已經準備了一年。比賽的三個選手，封白因為方婉儀的阻止，而不準備飛行，那幾乎破壞了樂清和無懈可擊的計劃。

於是，在那天，風和日麗，碧天白雲，綠草如茵的那次野餐上，樂清和做了他最後需要做的事，他把大量的藥物，混進封白的那杯紅酒之中，又把可以形成絞痛的藥物，加入自己的杯中，然後，他向封白舉杯：「封白，你不祝我比賽勝利？」

豪爽的封白，立時舉起杯來，向樂清和揚了一揚，一飲而盡，樂清和也喝乾了他杯中的酒。

半小時之後，樂清和真的絞痛——他曾考慮過假裝，但是假裝要是裝得不像，就會有破綻，所以，他是真的絞痛，嘴唇發青，冷汗直冒，看起來，是無論如何不能參加比賽的了！

在這樣的情形下，封白無論如何，非上陣不可！

一切全在樂清和的意料之中，簡直和他設計的完全一模一樣！

封白全然不知道致命的藥物，藥性就快發作，他進入了滑翔機的機艙，一心還要飛過山的那一邊，去尋找那股強大的背風氣流，創造新的紀錄，奪取冠軍。

當滑翔機升空之後，樂清和已經知道封白不會回來了，估計半小時後藥性發作，封白會在高空之中，死於「心臟血管猝發性栓塞」，他會無法控制滑翔機，他會連人帶機，摔跌下來，而任何再精明的法醫，也不會去懷疑他真正的死因——誰能從高空摔下來而生存的？能保存屍體完整，已經很不錯了！

樂清和一直在注視著昂頭望著天空的方婉儀，在陽光下，方婉儀的肌膚，嬌艷如花。樂清和並不心急，他知道，只要封白不在世上，這個全身散發著如此誘人力量的美女，就是自己的，自己可以在她的身上，盡情享受，在心理上，把這樣高貴美麗的女郎，當作是巴黎小旅館中，三個法郎就可以佔有的低級妓女！

一切全照計劃進行，方婉儀果然被他佔有了，他也曾在肉體上，盡情享受著她。自然，方婉儀在感覺上，只當那是封白和她在瘋狂，這是樂清和所不知道的。

唯一不在樂清和計劃之中的是，封白和他的滑翔機，從此失了蹤！

三十多年過去了，封白和滑翔機，還會出現嗎？樂清和在把所有的事，迅速想了一遍之後，緩緩吁了一口氣，那是不可能的事，誰知道是不是有另一個空間存在，封白一定不知摔到什麼隱秘的山谷中去了，所以才一直未曾被人發現。

而他的秘密，也永遠不會有人知道！樂天「看」到的只是他恨封白，並不是「看」到他如何在準備藥物，如何趁人不覺，把藥物混進封白的酒杯之中！

他完全平靜下來，吐出來的煙，徐徐散開，遮住了他的臉。

琴聲也在這時，戛然而止，一曲已經奏完了。

滑翔機大賽開始

樂清和、方婉儀的來到，受到了滑翔機俱樂部上下的熱烈歡迎，雖然三十多年前鮮蹦活跳的小伙子，有的禿了頭，有的挺起了大肚子，有的甚至要靠拐杖來走路，但是熱情卻不減當年。

每一個人都記得方婉儀，當年的東方公主，而如今還是那麼吸引人，老朋友都過來，搶吻她的手背。

當晚的歡迎會上，俱樂部的主席致詞說：「明天，有來自歐洲的八家大學的運動員，參加滑翔機比賽。這項比賽，在多年之前，曾經舉行過，但是由於在那次比賽中，發生了意外，所以以後一直未曾再舉行……」

樂清和皺著眉，他看到方婉儀的神色漠然，不知道她心中在想些什麼，他壓低了聲音：「這老頭子真無聊，提陳年舊事幹什麼？」

方婉儀低嘆了一聲：「他說的是事實！」

樂清和悶哼了一聲，方婉儀停了一停，又道：「這裡散了之後，我要到那草地上去。」

樂清和吃了一驚：「幹什麼？」

方婉儀深深吸著氣：「晚上靜一點，我可以集中精神，把我的意志力，集中在那對玉環上，使這對玉環能聚集奇妙的能量，達到我的目的！」

樂清和又將升上來的怒意，強壓了下去，眼望著他處：「我是不是可以知道，你的目的究竟是什麼？」

方婉儀幽幽地嘆了一聲：「不知道！我的思緒很亂，連我自己也不知道想得到什麼——」

樂清和疾聲道：「那你何必認真？」

方婉儀又嘆了一聲：「我知道的是，既然有這樣的機會，我就一定要這樣做，不管有什麼結果！」

樂清和乾笑了一下：「會有什麼結果，我看不會有神蹟出現！」

方婉儀沒有再說什麼。

歡迎晚會散了後，由樂天駕駛著車，一直駛到了滑翔機起飛降落的場地。

由於比賽明天就舉行，場地上並不像想像中那麼冷清，而且十分熱鬧，和三十多年前一樣，年輕人的活力，看來是無窮無盡的，到處是拖車、帳幕、篝火、音樂聲和喧鬧聲。

方婉儀找了一個比較靜僻的地方，叫樂天停了車，她拿著那對玉瑗，下了車，樂清和沉聲道：「婉儀，你不能整晚在外面望著那對玉瑗的！」

方婉儀固執起來，相當固執，她只是淡然地道：「為什麼不能？」

樂清和雙手緊握著拳，還想說什麼時，方婉儀已經走開了十來步，來到一株大樹下，靠著樹幹，就此維持著這個姿勢，一動不動，只是盯著手中的那一對玉瑗。

樂清和在車旁看了她將近半小時，她都未曾動過，他想起封白的滑翔機沒有回來的那次，方婉儀簡直幾十小時沒有動過，只好長嘆了一聲。

在樂清和身邊的樂天，喃喃地道：「只要集中精神，人腦就會產生一種微電波，影響存在於四周圍的能量——」

樂清和怒道：「那又怎樣，會使人進入另一個空間之中去？」

樂天聽得父親的聲音之中，充滿了怒意，嚇了一跳，但是他還是道：「是的！」

樂清和用力打開車門，進了車子，半躺了下來，閉上了眼睛。

那一晚上，對樂清和來說，是十分漫長的一夜，他幾乎每隔了一時左右，就醒來一次，而每次他醒來之後，看到的情形，全是一樣！樂天仰躺在草地上，看來已經睡著了。而方婉儀還是倚著那株大樹，全神貫注地望著那對玉瑗，她的神情，看來極平靜，完全到了忘我的出神的境界。

樂清和心中想：過了今晚和明天，就沒有事了，一切又會回復正常，他仍然會擁有他已得到的一切！

這樣的想法，使他在將近天亮的那幾小時，睡得比較沉一點，直到刺眼的陽光，令得他醒了過來。

方婉儀收起了那對玉瑗，樂清和來到了她的身邊，打趣地問：「怎麼樣？」

方婉儀的神情有點迷惘：「我沒感到有什麼特別的力量，但是……好像有聲音在告訴我，或者……那是我自己的信心……一定會有些事發生！」

樂清和打了一個哈哈，沒有再說什麼，當他們用完了早餐之後，賽會的職員，來請樂清和作榮譽裁判，樂清和愉快地答應。

第一程序的比賽，在上午九時開始，八架滑翔機，一架接一架，飛上了天空。預算飛行時間是三小時。在正午十二時之前，八架滑翔機都會回來。

樂清和故意和方婉儀隔得相當遠，他看到方婉儀坐在一張椅子上，抬頭望著天空，那張椅子放的地方，就是三十年前，封白升空之後，她坐著的地方。

樂清和感到很不愉快，只盼這一天快點過去。還好，不斷有人和他在說話。

時代進步了，滑翔機中的設備也好得多，每一架滑翔機上，都有無線電設備，駕駛員不斷有報告來，記錄員忙碌地記錄著，而評判則輪流觀看著記錄。

太陽漸漸向頭頂移動，快到正午了，在草地上的所有人，都抬頭向天空望去，參加比賽，第一架回航的滑翔機，在視程內出現，所有人都發出歡呼聲，歡迎這架滑翔機的回來。

樂清和又向方婉儀看去，方婉儀仍然坐著不動，樂清和取過了一具望遠鏡，他通過望遠鏡，看到方婉儀的雙手緊握著，握在她雙手中的，是那兩隻「望知之環」。

歡呼聲一陣接一陣，參賽的滑翔機一架接著一架回來，駕駛員的技術都十分優良，滑翔機準確地降落在指定的地點。

到了正午十二時十分八架滑翔機，都已停在草地上了，可是草地上的所有人，突然又高聲呼叫了起來，人人抬頭，望向天空。

當樂清和也抬頭望向天空之際，他整個人像是遭到雷殛一樣呆住了！

一架滑翔機，看起來式樣十分老式，漆著鮮明的紅、白、藍三色，在視程中出現，正在空中盤旋著，採取了準備降落的飛行。

樂清和張大了口，汗水在他的臉上湧出來！

玉環發生效力

那架滑翔機！

對於別人來說，只是奇怪何以忽然多了一架滑翔機出來，所有的人，都在紛紛交頭接耳，或是大聲詢問，那架滑翔機是哪裡來的。

可是整個人僵呆了的樂清和，第一眼就可以看出，那架滑翔機，就是三十年前，封白乘了它升空之後，一直沒有回來過的那一架！

這時，這架滑翔機的高度，已經降低了些，可以看得更清楚，樂清和在全身血液如同要凝結的情形下，陡然出聲叫了起來：「不！」

他的叫聲，令得他身邊的幾個人，嚇了老大一跳，而當人家向他望去之際，看見他臉上的肌肉，在不受控制地抽搐和跳動，隨著肌肉的跳動，汗珠幾乎是在四下彈散開來，這種情形，又令得人人都吃了一驚！

這時，坐著的方婉儀也站了起來，盯著那架滑翔機，身子劇烈地發著抖。

樂天擠過人叢，奔到了他母親的身邊，喘著氣，道：「媽……是……他回來了！」

方婉儀的雙手，仍然緊握著「望知之環」，她用顫抖的聲音道：「是……是他回來了！」

樂天只覺得自己的身子，一陣陣發涼，像是浸在冰水中一樣！

果然，「望知之環」發生了力量，在另一空間中的滑翔機，又突破了空間的界限，回來了，出現在它三十年前就應該出現的地方！

樂天想到的只是：不是幻像，在地洞中遇到的一切，不是幻覺，是實實在在的事，不過由於人類科學對空間的突破還一無所知，所以自己的遭遇，才像是幻覺一樣！

樂天立時又想到：為什麼父親要否認他曾恨過封白呢？

正當樂天想到這一點之際，他看到他的父親，瘋了一樣，自人叢中奔了出來，雙手揮舞著，向著那架越來越低的滑翔機，發出尖銳的叫聲。

草地上所有的人，都靜了下來。所以，人人可以聽到樂清和的叫聲：「回去！

回去！回去！」

他一面叫著，一面揮舞著雙手，像是想阻止滑翔機的降落，可是滑翔機盤旋的圈已經越來越小，每一個盤旋，都降低幾十公尺，一個盤旋，又一個盤旋，離地只有三十公尺了，再一個盤旋，離地更近了，所有熟悉滑翔機飛行的人，這時也都看出來，那架滑翔機，並沒有作著陸的準備，當它離地面極低，幾乎是貼地面直衝過去之際，在滑翔機前的人，大聲驚叫著，拚命奔了開去，避免給滑翔機撞中，可是只有樂清和一個人，卻大聲叫著，反而向滑翔機迎了上去。

當樂天和幾個人大聲叫著，想奔過去拉開樂清和時，已經來不及了，事情已經發生了，樂清和面對著滑翔機，大聲叫著：「回去！回去！」

貼地而過的滑翔機，向他直撞了過去，所有的人，都發出了一下驚呼聲，人人都看得出，樂清和會被速度極高的滑翔機撞中，由於滑翔機疾衝而下時，所有的人都驚叫著避了開去，根本沒有人可以奔跑來把樂清和拉開去，而樂清和自己，卻完全沒有避開去的意思，還在迎著滑翔機，揮著雙手，發出可怕的叫嚷聲，像是憑這些動作，就可以把滑翔機又弄回天空去一樣。

貼地飛來的滑翔機，以極高的速度撞向樂清和，把樂清和撞得向上拋了起來，他跌下來的時候，壓破了滑翔機艙的上蓋，他的身子，跌進了機艙之中。

也就在這時候，滑翔機的腹部，和地面相接觸，跳動著，停了下來，草地上的人發出驚叫聲，向滑翔機奔過去，他們都聽到身子已跌進了機艙中的樂清和發出了一下驚心動魄的怪叫聲：「不要回來！你早應該死了！我要你死！我要你死！」

樂清和的叫聲是這樣淒厲尖銳，以致每一個人都可以聽得清清楚楚，奔在最前面的樂天，反倒不覺得意外。「我要你死！」這句話，在他「看」到樂清和用小刀刺著畫像之際，已經「看」到樂清和在不斷地叫過！

可是其餘的人，聽到樂清和發出那麼可怕的叫聲，都不知怎麼才好，幾個熟悉樂清和的人，不由自主，在胸口劃著十字，喃喃地說著：「天！怎麼啦？樂教授怎麼啦？」

樂天一直奔在最前面，他奔到了滑翔機旁邊，伸手抓住了被樂清和撞破了的機艙蓋，跨身而上，一面叫著：「爸！」

當滑翔機在撞向樂清和，而樂清和居然不知躲避，反倒迎了上去之際，樂天便已經奔著前去，他比其餘的人，在驚呆了一下之後，再奔向前，要早了至少半分鐘。

這時，他一面叫著，一面去看滑翔機機艙中的情形，雖然作為一個出色的探險家，他曾在他的探險活動之中，見過各種各樣怪異可怖的情景，可是眼前所看到的事，卻還是令得他幾乎昏過去。

他要緊緊抓住艙蓋，才能保持身子的平衡，不致於跌下來。他發出了一下極可怕的驚叫聲，然後，撕心裂肺地大叫：「站住，你們誰也不准過來！」

有七八個人，已經奔得離滑翔機只有十來公尺了，都陡然止步，他們倒不是因為樂天的那句話，而是看到樂天臉上那種恐怖絕倫的神情，所以才止步的。

樂天仍然在叫著：「不准過來，誰也不准過來！」

他一面叫，一面脫下了上衣，迅速地蓋向滑翔機的艙中，他這樣做的目的很明顯，是不讓人看到滑翔機機艙中的情形。

同時，他在褲袋中，取出了他一直攜帶的一柄小刀，打了開來，再次叫：「不准過來！」

奔過來的人都停在十來公尺之外，看著揮著小刀，刀鋒在陽光下閃閃生光，面肉扭曲，神情可怖之極的樂天，一剎那間，草地上靜到了極點！直到人叢之中，陡然有人高叫：「天！快通知警方！」

這一下叫喚，提醒了被意外震驚得發呆的人，立時又有幾個人奔了開去。

樂天滿頭滿臉都是汗，他沒有勇氣再向滑翔機的機艙中多看一眼，他脫下了上衣，蓋住了機艙中的情形，連他自己也不能肯定，那是為了不讓人看，還是他自己再也不想看第二眼。

他抬頭向他的母親看去，陽光在這時，彷彿特別刺眼，汗水令得他的視線模糊，可是他還是勉強可以看到他的母親。

所有在場的人，唯一完全沒有動過的，就是方婉儀，直挺挺地站著，樂天看過去，可以看到她把雙手放在胸口，手中仍然緊緊地握著那兩隻「望知之環」……

人亡事遷

在警方人員還未到之前，賽會準備的兩輛救護車，先疾駛而來，在滑翔機旁停下，醫護人員紛紛自救護車中，跳了下來。

樂天仍然揮著刀，嚷叫著：「別過來！別過來！」

一個醫生叫道：「你瘋了？受傷的人，需要立刻救治！快讓開！」

那醫生一面說，一面已急急走了過來，樂天簡直是聲嘶力竭地在叫著：「別過來，求求你，別過來！」

他揮著手中的刀，做出要向那醫生刺去的樣子，那醫生十分勇敢，一躍向前，避過了樂天的一刺，抓住了樂天的手腕，用力一捽，將樂天捽了下來，坐倒在地上，他已探頭進機艙，揭開了樂天的外衣。

然而也就在那一剎間，那醫生發出了一下驚怖之極的呼叫聲，整個人自機艙上直滾了下來，恰好滾跌在樂天的身邊！

樂天看來有點失魂落魄，那醫生的情形，並不比他好多少，兩人在互望一眼之後，那醫生立時向其他走近來的醫護人員尖聲叫：「看在上帝的份上，別過來！」

在幾個醫護人員錯愕得不知所措之際，警車的「嗚嗚」聲，已經傳了過來，一輛警車，在紛紛散開的人叢之中，疾馳了過來，車停下，一個身形矮胖的警官，神氣地走了出來。

樂天喘著氣，挺起身子，急忙向前走了幾步，攔住了那警官，道：「請……維持秩序，別讓任何人……接近這滑翔機！」

那矮胖警官一挺胸：「連我也不能？」

那醫生也走了過來，苦笑了一下：「警官先生，由於你的職務，我看你像我一樣，沒有那樣幸運，你非去看看機艙中的情形不可，然後——」

他也不由自主喘起氣來：「然後……你一定會同意……我們的決定！」

矮胖警官揚著眉，用步操的步伐，走向滑翔機，看來像是很靈敏瀟灑地抓住了艙蓋，跨起身來，向機艙之中看去。

在一旁的人，只看到他矮胖的身軀，陡然之間僵凝，他的雙眼，盯著機艙，眼珠像是要跌出來一樣，緊接著，他雙手一鬆，整個人像是皮球一樣，滾跌了下來。

他甚至不等自己站起身來，就尖聲叫：「不准任何人接近，這是我，皮亞總督察的命令！」

他在叫了兩遍之後，才有氣力，自地上掙扎著站了起來，大口大口喘著氣。

皮亞總督察——就是那個矮胖警官——是一個十分能幹的人，他自己雖然驚駭莫名，可是還是把事情處理得有條不紊。

他下了一連串的命令，調來了更多的警員，宣佈附近為了此案所需，要驅散行人。幾百個人，在連勸帶趕的情形下，全被趕離了現場。一大幅帆布已經運來，遮住了那架滑翔機。

更多的警方高級人員趕到，聚在一起商議。

樂天一直站在方婉儀的身邊，勸方婉儀也離開，可是方婉儀像是根本沒有聽到一樣，只是呆呆地站著。直到皮亞總督察來到了她的面前，她才望向樂天，低聲道：「陪我去看一看！」

樂天立時叫了起來：「媽！」

方婉儀的聲音，卻出乎意料之外的平靜：「放心，我在三十多年前，能忍受那樣的意外，我就可以忍受任何的意外！」

皮亞總督察嚥了一口口水，道：「夫人，我的意思是，你不適宜……」

方婉儀緩緩搖著頭，吸了一口氣：「他……死了？他們……全死了？」

皮亞和樂天一起點著頭，方婉儀道：「死人沒有什麼可怕的，唉，活著的人，才真正可怕！」

她那有感而發的話，並未能令樂天和皮亞改變阻止她的意思，但是方婉儀已緩緩地、堅決地向著被帆布覆蓋著的滑翔機走過去。

樂天和皮亞總督察兩人，一左一右，走在她的旁邊，來到了滑翔機之旁，樂天作最後一次努力，道：「媽——」

方婉儀不等他講下去，就向他擺了擺手。

樂天和皮亞總督察一起嘆了一聲，將覆蓋住滑翔機的帆布，慢慢揭了開來。

方婉儀走近去，她必須攀住艙蓋，使身子升起一點，才能看到機艙中的情形。

她看到，機艙中有兩個人，一個坐在駕駛位上。另一個，以一種十分怪異的姿勢，身子向下衝著，雙手緊緊揑著坐在駕駛位上那個人的脖子。

那個姿勢怪異的是樂清和，他顯然已經死了，是被滑翔機撞死的，他的眼突得老出，口張得極大，在他的口角邊上，全是血，有的已凝固了，但是在凝固了的，變成了赭褐色的血跡之中，還有鮮紅色的一縷鮮血，在向下滴著。他臉上的神情，充滿了令人望之生寒的、極度的恨意！

方婉儀先看到了樂清和的這種神情，然後，她緩緩地轉動僵硬的頭，去看坐在駕駛座上的那個人，她的口唇顫動著，想發出「封白」兩個字的聲音來，可是在剎那之間，她整個人都僵住了！

在駕駛座上的，看來是一個人，但是只要向他看上一眼，就知道那只不過是一個人形的物體。或者說，那是一個死人，一個死了已經不知有多久的死人，一具乾透了的屍體！

那屍體的頭部，還有著稀疏的頭髮，死了的乾屍，是可怕的死灰色，應該是眼睛的地方，是兩個深洞，眼珠可能還在，但是已經因為乾癟而深深陷了進去，嘴唇向上下兩邊分掀著，露出白森森的牙齒來，這樣可怕的一具乾屍，可是樂清和的雙手，還緊緊地捏在他的脖子上，自樂清和口角中流出來的鮮血，一滴一滴，滴在乾屍早已乾透了的臉頰上，像是這具乾屍，藉著鮮血，在回想他當年有血有肉的生命！

這架滑翔機，竟然是由一具乾屍駕駛著，撞向樂清和的！

機艙內的景象如此之詭異可怖，方婉儀看了一眼之後，想叫，已經叫不出來，眼前一陣發黑，從攀著的機艙蓋上，鬆開手，跌了下來。

這種結果，早在樂天和皮亞總督察的意料之中，兩個人連忙扶住了她，扶進了救護車之中。

帆布又重新蓋好，樂天勉力使自己鎮定，開始和皮亞總督察，以及趕到現場的高級警方人員研究對策。

在大量的金錢影響和警方所施加的壓力之下，在報章上可以看到的報導如下：

「在南部地區舉行的歐洲八所大學滑翔機比賽進行之中，突然有一名來歷不明之男子，駕駛一架舊式滑翔機，衝進賽事進行之場地。作為大會評判之一，世界知名的文學研究權威，樂清和教授，企圖阻止該滑翔機之降落，但不幸被駕機之男子，以滑翔機撞中，傷重致死，而駕機之男子，亦畏罪自殺。該男子身分不明，警方正在努力追查之中。」

在當天下午，樂清和和那具乾屍，被送到公立醫院，樂清和雙手，一直緊捏在乾屍的脖子上，他臨死之際，一定用盡了氣力，以致在解剖室中，要法醫敲斷了他的指骨，才能使他的雙手，離開乾屍的脖子。

欒清和的死因是十分明顯的，他被滑翔機撞中，造成嚴重的內部出血致死。那具乾屍，在欒天的要求之下，警方的法醫官，進行了剖驗。首先，要確定他的身分。當欒天表示那具乾屍應該是三十多年前，駕駛滑翔機升空之後，從此再也沒有出現過的封白之際，皮亞總督察甚至忍不住伸手去按欒天的額角，看他是不是因為發高燒而在胡言亂語。

可是，當陳年的檔案被找出來之後，立刻就從指紋上得到了證明，那具乾屍，的確是封白！

方婉儀在醫院休息了幾天，欒天一直陪著她，然後，回到了巴黎的那幢房子。他們回到巴黎的第二天晚上，皮亞總督察帶著法國警方的兩個最高級人員，以及另外幾個有關的人員，像法醫等人，登門造訪。

方婉儀只是在自己的臥室中，一句話也不說，由欒天會見他們。

當客人坐定之後，皮亞總督察首先道：「那具屍體經過解剖，證明他臨死之前，曾服食了大量的毒藥，這種毒藥，可以令得毒發身亡的人，看來是死於先天性心臟血管栓塞！」

樂天發出了一下呻吟聲，沒有說什麼。

皮亞總督察又道：「從解剖的結果看來，封白——那具乾屍的死因是被謀殺！」

樂天再一次發出呻吟聲。

皮亞總督察嘆了一聲：「那是三十多年前發生的謀殺案，似乎也不必追究兇手是什麼人了！」

樂天嘆了一聲：「是，太久遠了！」

一個高級警官道：「令我們不明白的是，何以那架滑翔機，在失蹤之後，會隔了那麼多年之後，重又出現，這許多年來，它在什麼地方？難道一直由死人駕駛著在天空飛行？」

樂天深深地吸了一口氣，他無意從頭到尾解釋一切，因為連他自己，也有很多疑點，無法明白，他只是喃喃地道：「世界上不可思議的事太多了，不知道有多少事是沒有答案可找的！」

來的幾個高層人員互望了一眼，對於樂天這樣的答覆，他們當然不會滿意，但是他們也想不出樂天有什麼理由可以有答案。

他們又坐了一會，就告辭離去，樂天送走了他們之後，來到了母親的臥室外，先輕輕敲了敲門，才推開進去。

方婉儀臉色蒼白地坐在一張安樂椅中，望著窗外的花園。自從事情發生以來，他們母子還沒有好好地談過。

樂天在對面坐了下來，道：「爸的遺體，隨時可以啟運，我們是不是該回去了？」

方婉儀緩緩地點著頭，在椅子的墊子下，取出了那一對玉環來，撫弄著，聲音聽來，極其苦澀：「小天，世上有很多事情，永遠不知道真相，比知道真相好得多！」

樂天接過了那對玉環來，跟著也現出了苦澀的笑容。不知道真相，真比知道真相好得多了！

樂天在心情苦澀之餘，倒可以肯定一件事，這對玉環，的確有十分神奇的力量！失蹤了三十年的滑翔機，一定是被這對玉環產生的神奇力量引回來的！

樂天下定了決心：一定要好好研究它們！

空間之謎

在瑞士西部，有一個小鎮，人口很少，小鎮上有一幢看來相當現代化的建築物，經常有很多人進出，看來全是地位相當重要的人物。

當地的居民都知道，這幢建築物是和聯合國有關的一個研究機構。

但是沒有人知道，那實際上，是美國和蘇聯兩國的科學家使用的一個「超科學研究所」。

超科學研究所中研究的項目，全是人類科學已經提出了題目，但是卻還沒有答案的一些事。例如人與人之間的心靈感應，靈魂的存在與否，外星生物存在的可能等等。五度空間，也是這一類項目之一。

兩國的科學家，進行不定期的集會，各自報告自己研究的心得，美國和蘇聯科學家的真正合作，也只有在這一類超科學的研究上，才有可能，至今為止，這一類的研究，還沒有達成結論的。

這一天，會議室中，兩國的科學家之外，還邀請了其他各國的科學家，一共有三十多人，他們花了將近兩小時的時間，聽一個年輕人作報告。這個年輕人，就是樂天，時間是在他父親死後的半年。

樂天所作的報告，題目是「五度空間的突破」，他引述的例子，只是封白駕駛滑翔機，進入五度空間又回來的那件事，並沒有提及他在地洞中的遭遇。

而那對玉環，則在各個科學家的手中傳看，還附有對這對玉環質地的詳細化驗報告，證明在玉環的玉質之中，含有一種礦物質，有輻射性，雖然不是很強烈，但卻確實有著輻射信號的放射。

樂天提出來的假設是：五度空間是可以在偶然的情形下進入的，也可以通過方法進入，甚至自由來去。

滑翔機失蹤了三十多年，又再度出現，除了是滑翔機進入了另一空間之外，不可能有第二個解釋。

樂天並且提出了從來也沒有人討論的一個項目！生命和時間的關係。他的假設是，即使在完全沒有時間限制的空間之中，生命還是和時間發生關係的。生命，意味著人的腦部在活動，而人的腦部活動，可與產生和充塞一切場所的能量相結合，產生神奇的力量。而當生命結束之後，這種力量就不再存在。

他舉的例子是，在三十年後，回來的滑翔機上，是一具乾屍。駕駛人假定在進入另一個空間之前死亡，他進入了另一個空間，時間仍然發生作用，所以在經過三十年之後，他成了一具乾屍。

這是太玄妙的研究課程，不過，既然是從事超科學研究的人，一直就和這一類的事在接觸，樂天的報告，引起了他們極大的興趣。

一個留著大鬍子的蘇聯科學家，高舉著那對玉環，道：「人腦活動的信號，可以使得自由出入空間變成事實，這真是偉大的設想。」

樂天嘆了一聲道：「不是設想，是事實！」

大鬍子悶哼了一下：「年輕人，我們一定要肯定有這樣的一個人，這個人有自由進出各個空間的能力，才能說這是事實！」

樂天的口唇動了動，他還是決定不將地洞下的遭遇說出來，所以他沒有再為自己辯護什麼。

大鬍子又道：「這兩隻玉環，是不是可以交由我們，做進一步的研究？」

一個美國科學家忙說：「我們也要一隻去研究！」

樂天笑了一下：「你們不必爭了，這一對玉環，在我化驗出它們有輻射性信號放射之後，我已經施以重擊，使它們的輻射信號消失了，現在，它們只是普通的玉環，並不是什麼『望知之環』！」

所有的科學家都發出嘆息聲，有幾個，甚至對樂天怒目而視。

有好幾個人齊聲問：「為什麼？」

樂天緩緩地道：「因為，世上許多事，如果永遠不知道真相，只有更好！」

他講了這句話之後，頓了一頓，又道：「能在各空間中自由來去，又不受時間限制的人，就是傳說中的神仙，如何才能做到這一點，是一個極其複雜的過程，我們只是普通人，就算可以做到，也未必快樂，還是作為一個普通人的好。」

與會的科學家商議著，最後，由一位年長的科學家作出結論：「我們對這個報告中假設的一切，都感到極度的興趣，這使我們在五度空間的研究上，有了大膽的突破，大家都感謝樂天先生！」

在一陣鼓掌中，樂天站了起來，他的心情十分黯然，他寧願沒有這一切事，那麼，他父親還是他心中崇敬的偶像，不是一個兇手！

但是樂天並沒有責怪他父親的意思，畢竟全是凡人，在樂清和當時的處境下，他除了殺人，就是自殺，他應該如何選擇呢？

離開了瑞士，樂天繼續他的探險，又一年之後，他再到哥倫比亞，又到了那地洞旁，徘徊了半天，洞口已坍了，沒有人可以再下去，也不會有什麼人，再有偶然的機會可以突破空間，遇到一位「神仙」了！

〈完〉

倪匡奇幻精品集 04

非常人傳奇之通神

作者：倪匡
發行人：陳曉林
出版所：風雲時代出版股份有限公司
地址：10576台北市民生東路五段178號7樓之3
電話：(02) 2756-0949
傳真：(02) 2765-3799
執行主編：劉宇青
美術設計：許惠芳
行銷企劃：林安莉
業務總監：張瑋鳳

出版日期：2019年7月
版權授權：倪匡
ISBN ：978-986-352-615-5
風雲書網：http://www.eastbooks.com.tw
官方部落格：http://eastbooks.pixnet.net/blog
Facebook：http://www.facebook.com/h7560949
E-mail：h7560949@ms15.hinet.net
劃撥帳號：12043291
戶名：風雲時代出版股份有限公司

風雲發行所：33373桃園市龜山區公西村2鄰復興街304巷96號
電話：(03) 318-1378
傳真：(03) 318-1378
法律顧問：永然法律事務所 李永然律師
北辰著作權事務所 蕭雄淋律師

行政院新聞局局版台業字第3595號 營利事業統一編號22759935

國家圖書館出版品預行編目資料

非常人傳奇之通神 ／ 倪匡著. -- 初版 --
臺北市：風雲時代，2019.06-　面；公分

ISBN 978-986-352-615-5 （平裝）

857.83　　108006659